COLEÇÃO PÊSSEGO AZUL

EDUARDO SIGRIST

PIETÀ

LARANJA ● ORIGINAL

Se eu morrer, não chore não, é só a lua

Lô Borges e Márcio Borges

tudo existente
doravante
ecoará
o ausente

David Grossman (trad. Paulo Geiger)

SUMÁRIO

APRESENTAÇÃO
UM A ZERO
FOGO-FÁTUO
CANINOS BRANCOS
ENQUADRADO
PIPOCA COM PÁPRICA
PIETÀ
MALABARES
SUPERFÍCIE
DILÚVIO
AH, COMO EU GOSTARIA
MICROCONTO PARA UMA MICROVIDA
LACRIMOSA
PARABÓLICA
EPITÁFIO
O VELHO, O PANGARÉ E A CARROÇA
NA NUVEM
PEQUENA MORTE NA MADRUGADA
O NOME DAS COISAS, A COR DOS NOMES
SOBRE PEDRAS
RUBI
GOL DE PLACA
A OBRA-PRIMA

09
13
17
21
27
31
35
39
41
53
57
61
63
69
77
81
85
91
95
99
107
113
119

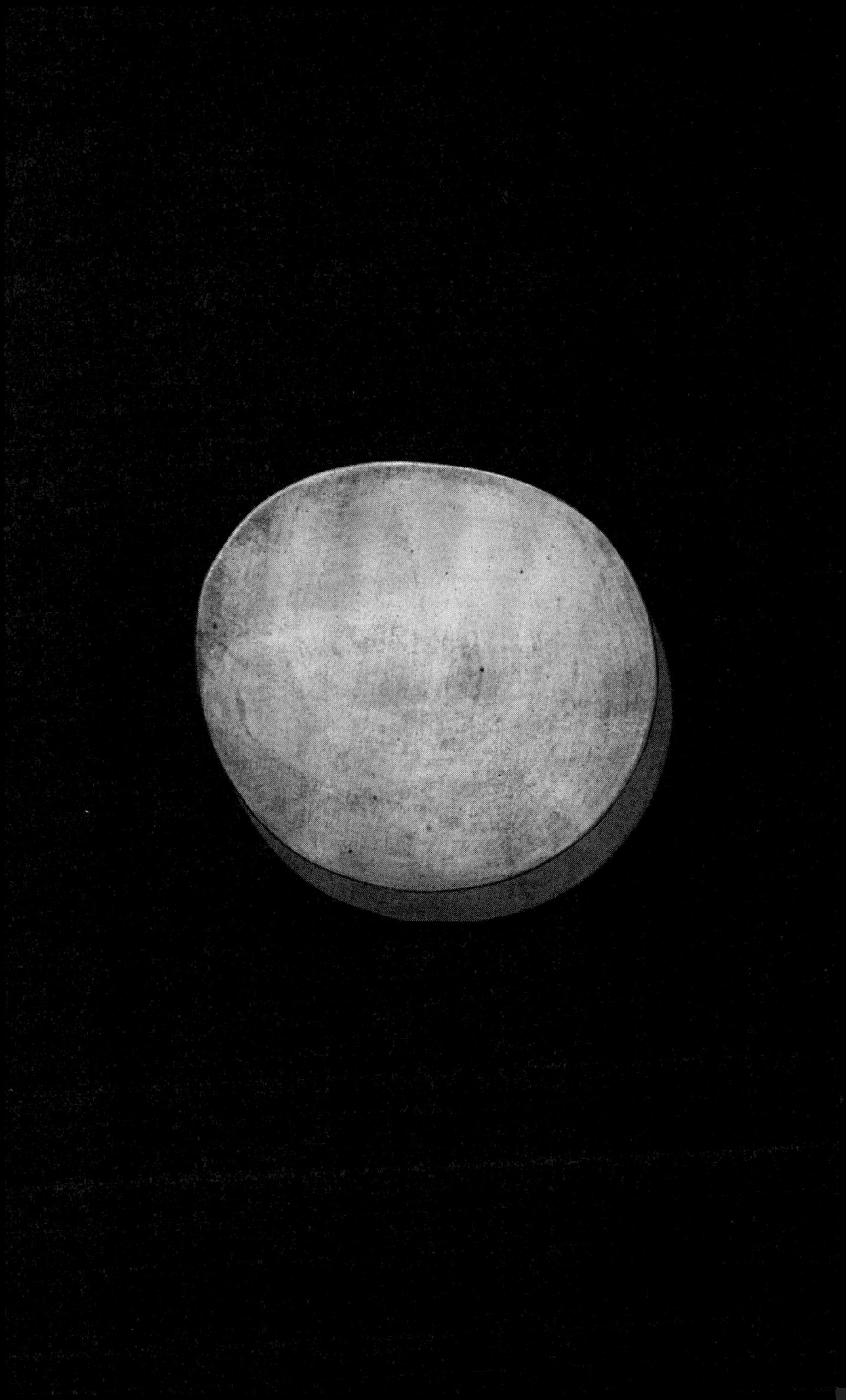

APRESENTAÇÃO

Já me perguntaram por que eu sempre mato algum personagem em meus contos. Não me lembro da resposta que dei na época. Talvez tenha respondido com um simples sorriso, que é a forma como lido com tudo aquilo que não sei explicar — embora eu aguarde desesperado a primeira oportunidade de agarrar meu caderninho para escrever qualquer coisa que me ajude a lidar com esses mistérios bem maiores que minha parca inteligência.

Caso essa pessoa tão inquiridora esteja lendo estas linhas, já adianto que não vai encontrar aqui a resposta. Até porque essa conversa de que todos os meus contos têm morte é fake news. Ao ler os que selecionei para esta coletânea, percebi aliviado que em mais ou menos metade não morre ninguém. E tem um ou outro texto em que os personagens até terminam bem — pra não dizer felizes, porque aí seria demais, né?

Enfim, só toquei no assunto para afirmar que não existe um tema único. Como é uma coletânea de contos escritos ao longo de vários anos — o mais velho é de 2003 e o mais novo de 2024 —, obviamente há uma grande variedade de temas e, principalmente, formas, estilos de linguagem. Por isso, procurei selecionar os que não se diferenciavam muito dos demais, principalmente quanto ao conteúdo.

"Pietà" foi escolhido para dar nome ao livro porque, além de ser meu conto preferido, é o que considero mais bem-acabado e menos ortodoxo em termos formais. E nele posso dizer que reside a essência do que pretendi mostrar de mim nesta obra.

O autor

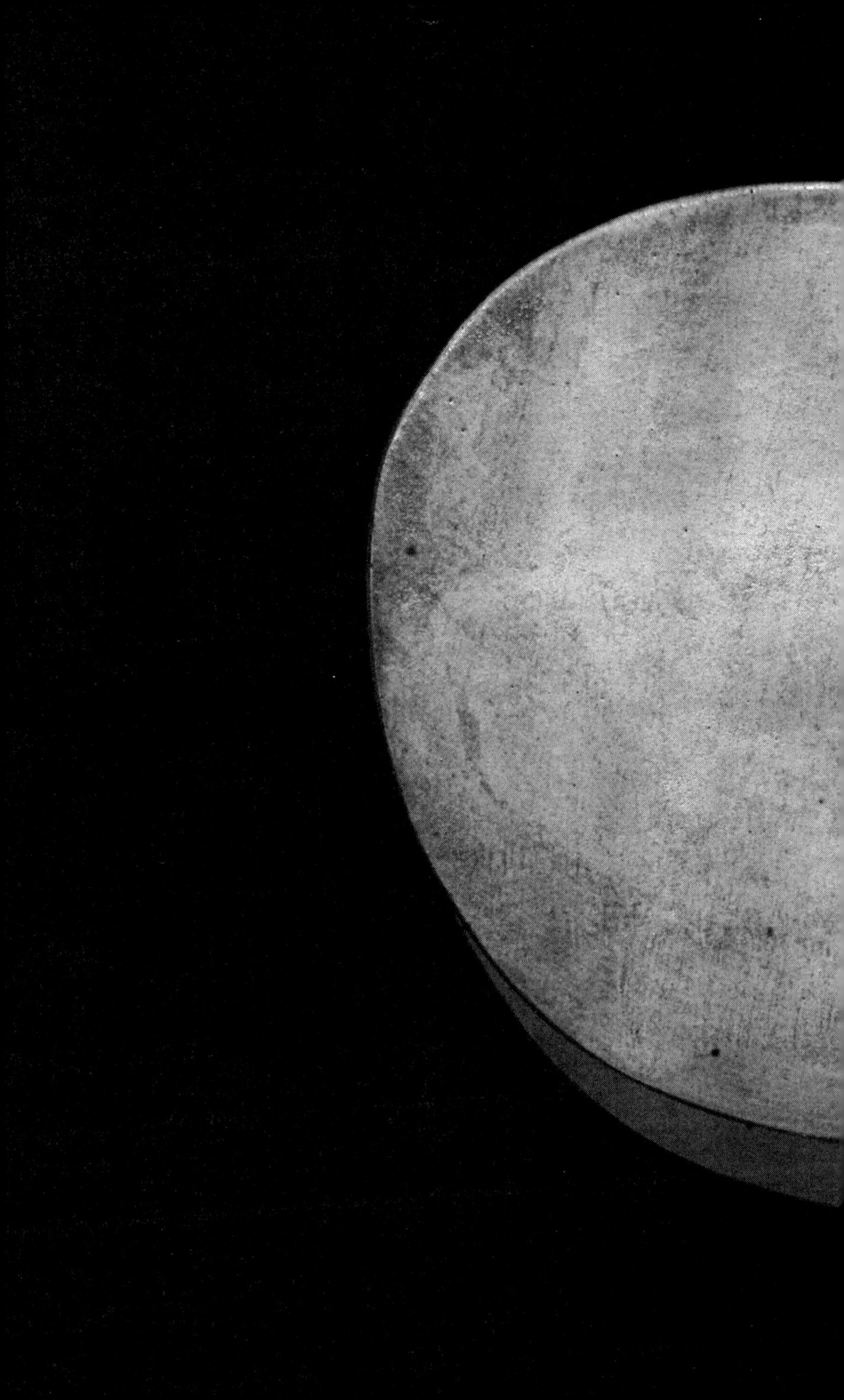

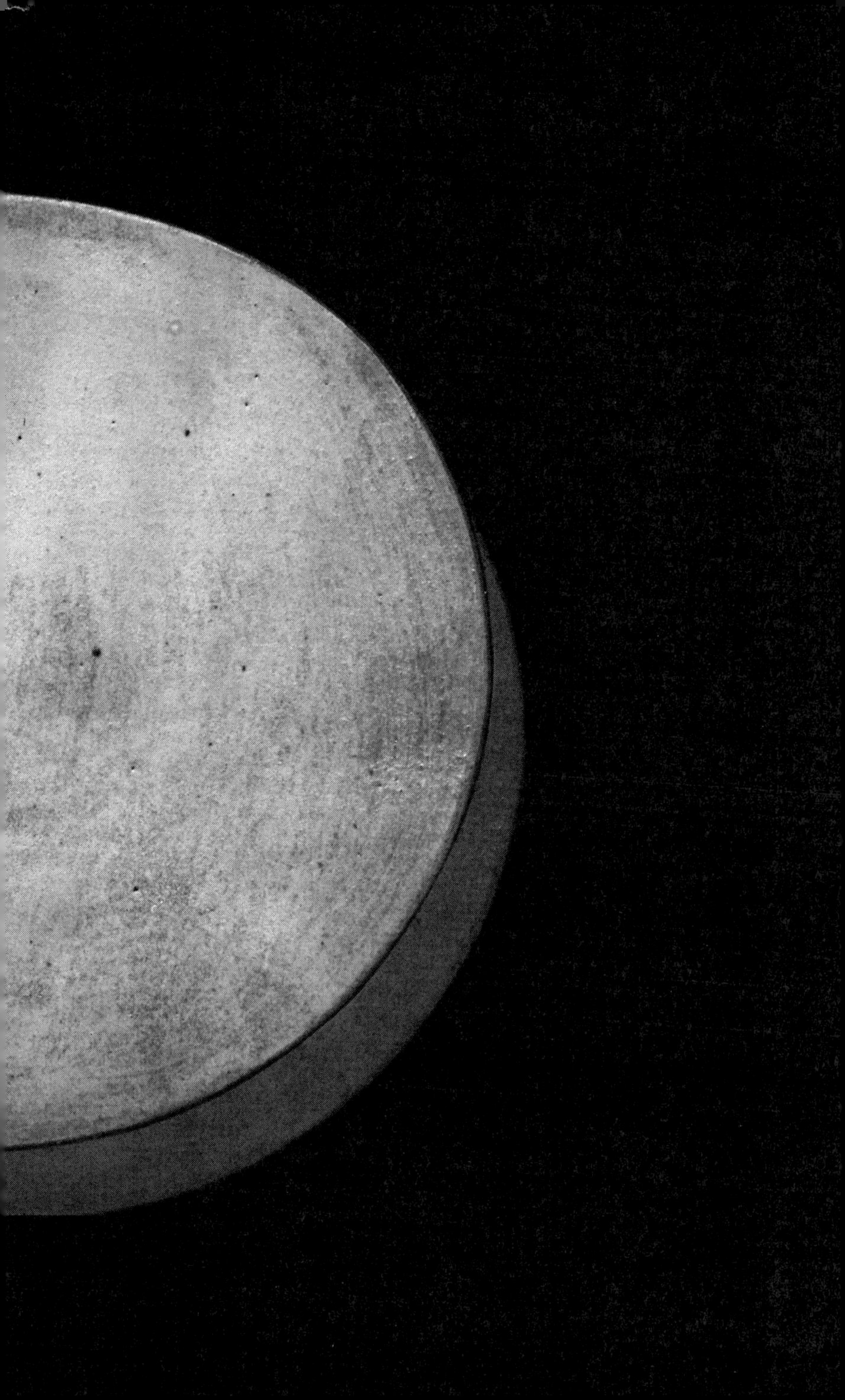

UM A ZERO

Fred, eu sei que esta não é a hora certa, mas vou ter que falar. Sou seu melhor amigo, eu tenho que falar. Você matou a Silvinha, cara. Matou! Sabe o que é isso? Tirou ela de mim e de você. Agora ela não é de ninguém. Ou é, sei lá o que vem depois desta vida. Mas ela morreu. Acabou. É como aquela história que a gente ouvia quando era menor, na casa da sua vó: veio uma fada com uma varinha mágica e puf, a Silvinha sumiu do mundo. Ou como as colas que a gente trocava na prova e desapareciam quando o professor olhava torto. Ele procurava, procurava e nada. Quando ele se virava, você me cochichava sua frase preferida: "Um a zero pra mim".

Pra você, era tudo competição. A sua piada era mais engraçada que a minha? Um a zero pra você. O seu Corinthians ganhava do meu Palmeiras? Um a zero pra você. Eu até achava graça e nunca liguei de perder. Aliás, esse era nosso trato. Quem perdesse qualquer disputa nunca devia reclamar nem chorar. Aí você saiu com a Sílvia só pra me provocar, só pra mostrar que era melhor que eu em tudo. Aí doeu, cara. Fiquei com raiva, quis te matar. Mas não chorei. Em vez de chorar, eu queria brigar, queria sumir, sei lá. Porque aquilo foi traição. Você sabia o quanto eu estava a fim dela. E pra que você fez isso? Pra levar a Silvinha no carro do seu pai e enfiar a cara dela num poste da Consolação? Foi pra isso?

Pô, que ideia essa de pegar o Corolla do velho? Quinze anos, cara. Sem carta, sem idade. Seu pai pode ser preso, sabia? Você vai ficar contente vendo o velho na cadeia, a Sílvia no cemitério? Se liga, não é assim que as coisas funcionam. Dar uma voltinha dentro do condomínio vai lá, o máximo que podia acontecer era dar uma ralada no importado de alguma baranga rica. Lembra aquele dia que a gente estava passando na frente da casa da dona Júlia e o poodle dela correu na frente do carro? Você, apesar de estar a mil por hora, conseguiu desviar, passando por cima da calçada e quase derrubando a moto parada ali perto. O cachorro escapou por pouco. Você, achando que tinha feito uma baita manobra, disse pro bicho: "Um a zero pra mim".

Irresponsável você sempre foi, né? Eu também, mas muito menos. Nossa disputa na escola não era pra saber quem tirava as melhores notas, e sim pra ver quem recebia mais advertências e suspensões da diretoria. Você ganhava disparado. Começava com um a zero, eu empatava, depois você fazia três a um, cinco a dois... Até quase ser expulso, aí dava uma segurada nas merdas que fazia. No outro ano, começava tudo de novo.

Não posso discordar, você sempre foi o melhor em tudo. Desde criança. Lembra os campeonatos de botão? Eu conseguia no máximo um empate de vez em quando. O melhor em tudo, hein, Fred! Era inclusive o mais bonito, sempre o queridinho das meninas. Tinha tantas lá na rua que davam em cima de você. A Roberta, a Lu, a Bete e, putz, até a Refugo, credo! E quem você foi catar? Logo a Silvinha.

O enterro dela foi muito, muito triste. O Fábio que disse, porque eu não quis ir. Fiquei lá em casa sozinho, pensando. Fiquei lembrando o sorriso dela, a boca que nunca beijei. Era bom o beijo dela, Fred? Me conta.

Não sei se sofri mais no dia em que ela falou que vocês estavam namorando ou no sábado em que ela morreu. Eu estava em casa, tentando tirar Stairway to Heaven na guitarra. Meu pai entrou no quarto com uma cara tão estranha que eu já adivinhava qualquer coisa. Qualquer coisa, menos aquilo. E de manhã ela havia me falado que tinha ganhado um brinco de presente de você. Ela colocou na orelha e me mostrou. Estava tão linda... Você tem bom gosto, cara. Será que ela usava o brinco na hora do acidente?

Ah, mas não pensa que eu tô bravo contigo. Não mesmo. Ainda mais agora, depois de tudo isso. Eu sempre vou ser seu melhor amigo, sempre. E nem esse seu namoro com a Sílvia separou a gente. Olha, desculpa eu falar, não vai ficar magoado. Mas eu tinha planejado que, se vocês casassem, eu ia ser amante dela. Se ela quisesse, lógico. Pelo menos íamos ficar os três juntos pra sempre. Que tal?

É, mas agora ela morreu. Foi enterrada faz dez dias. Você aguentou um pouco mais. Até achei que ia sobreviver, os médicos deram um pouquinho de esperança. Mas ontem a esperança acabou. Seu coração parou, uma complicação com o pulmão, sei lá. Você ficou em coma por todo esse tempo, e várias vezes eu fui lá, tentar conversar. Não me deixaram entrar na UTI. Por isso tô falando agora, antes que o bombado da funerária venha fechar o caixão.

Vou sentir sua falta, cara. Saudade das nossas competições. Lembra quando a gente discutia sobre quem ia viver mais? Eu falava que ia aguentar até 80, você até 100, eu aumentava pra 150, aí você terminava a conversa dizendo que era imortal. Não era. Eu ainda estou vivo, finalmente ganhei uma disputa. Um a zero pra mim, Fred. Mas confesso que é uma vitória com gosto de derrota — aliás, uma derrota por dois a zero. E não repara, não, dessa vez eu tenho que chorar.

FOGO-FÁTUO

Dizem que a arte eterniza. Eterniza a beleza. Eterniza o amor. Eterniza o fugaz afago de um instante. Talvez. Mas e quanto ao sofrimento, ao horror? Será que um artista tem a capacidade — ou o direito — de condensar, numa pincelada rubra, a expressão da perplexidade humana diante da tragédia? E não falo da tragédia clássica, da inexorável desventura grega. Falo, por exemplo, do olhar de uma mãe defronte ao cadáver do único filho, abatido pela inglória foice suja de merda de uma diarreia. É possível retratar e perpetuar a já infinita dor dessa invertida orfandade? Afinal, quantas são as cores primárias? Apenas três, certo? E as dores primárias, como contabilizá-las? Como encontrar a mistura certa de tintas para pintar a escuridão plena de uma existência incolor?

Essas questões me vêm à mente porque neste momento observo um pintor, com o cavalete montado na bucólica margem do rio pelo qual eu passo rumo ao meu destino. Não enxergo sua obra, mas tenho certeza de que ele me pinta. A cada braçada de meu barqueiro, uma pincelada na tela. Ele me olha, me esquadrinha e maneja o pincel arrogantemente, como se fosse o próprio Deus dando forma a uma nova criatura. Mas o que sabe ele da minha história? O que enxerga em meu rosto, em minha alma? Será onisciente como o criador?

Ele não sabe nada de mim. Aposto que, por causa de minhas vestes pretas, me toma por uma viúva indefesa e pinta minha face com um tom lívido e angustiado. Idiota. Fraco de espírito, como todos os homens desta terra, deste tempo. De todas as terras, de todos os tempos. Não sabe que é ele próprio o ser humano indefeso da história, disfarçando no vaivém do pincel sua vacilante condição de macho. Assim como certo homem respeitado e venerado desta corte, cujo nome não vem ao caso. Esse senhor também era mestre em manejar o próprio pincel, com o qual me lançou nas entranhas sua espessa tinta. O pincel — instrumento, arma, obelisco, cajado — é o objeto mais poderoso com que o macho conta para impor sua primazia e esconder sua indecente fragilidade.

Estou grávida. Trago dentro de mim a obra suprema da criação humana e divina. Mais humana ou mais divina? Herege, disseram em coro. Nem o homem nem o Espírito Santo me fizeram conceber. No tribunal, julgaram que o filho que espero vem das trevas, fruto das noites de bruxaria. Do meu pacto com o diabo. Ah, se eles soubessem que esse diabo veste pálio e mitra. Se percebessem no rosto do meu próprio juiz o suor fervente, saturado de luxúria. Talvez até o saibam. Mas alguém tem que ser condenado pela perdição da humanidade, e nada melhor do que encontrar uma Eva qualquer em quem vestir a mortalha simbólica do primordial pecado.

Minha mortalha. Estreita como a mentalidade daqueles homens que me condenaram à fogueira. Retorcida como a boca moralista das mulheres que me atiraram no rosto a maculada pedra da própria virtude corrompida. Suja como o pensamento voluptuoso do barqueiro encarregado de me transportar pelas águas do meu Aqueronte particular até o local onde serei imolada. Fétida como essas flores vermelhas com as quais me coroaram e estigmatizaram. Tíbia como a vida que trago em meu útero e que penetrará a noite eterna sem sequer ter conhecido a ofuscante claridade deste mundo.

O artista me encara da margem. E sorri, talvez esperando que eu lhe retribua o ato, para que ele possa fazer de mim a sua Mona Lisa. Ignoro. Pouco me importa se ele vai me retratar como viúva, amante, sonhadora, bruxa, puta. Por mim, pode pintar meu rosto de azul, pode inventar lágrimas pungentes, pode me adornar com asas ou chifres. Será apenas uma imagem, o esboço de uma mulher idealizada. Não serei eu. Aliás, em poucas horas, eu não serei mais. Desaparecerei na pira da insensatez humana, no fogo que ao mesmo tempo forja poetas e calcina a poesia. E dizem que a arte eterniza.

CANINOS BRANCOS

Ascensão social tão rápida jamais fora vista ali na Travessa do Osso. De repente, sem nenhum aviso e sem qualquer esforço, ele passou a fazer parte da honorável estirpe dos Com Coleira. Além disso, recebeu até um nome! Pasmem, plebeus: Louis, nome de rei!

Quem o conhece sabe que foi merecido. Viveu sempre ali, pelas ruas do centro, a abanar o rabo para os passantes civilizados — inclusive os carteiros — e a rosnar para gente que não prestava: motoristas que não paravam na faixa de pedestres, engravatados de nariz para cima que pisavam no rabo de quem não tinha rabo preso com o poder, políticos que negligenciavam o povo das ruas.

Um cão gente boa. Além disso, muito limpo. Limpíssimo! Nem parecia um cão de rua. Toda noite, quando os guardas se retiravam, ele corria até a fonte da praça central e tomava um banho diligente. Seu pelo branco, sempre brilhante e macio, chamava a atenção das pessoas, que muitas vezes lhe dedicavam um afago na cabeça e até um pedaço de sanduíche ou uma guloseima qualquer.

Deve ser por isso que naquele dia a mulher abriu a porta do carro prateado, seduziu-o com um canapé de foie gras e o pôs para dentro. Foi sua primeira vez dentro de um automóvel. A princípio, sentiu-se enjaulado, pego numa arapuca. Latiu, rosnou. E deu uma olhada pela janela lateral, vendo, deitado na calçada, sobre um papelão ensebado, seu... dono?... cuidador?... companheiro humano de adversidade? Ei, mulher, e meu amigo? Preciso dividir esse sanduba com ele, assim como ele divide comigo os rejeitos alimentares que cavouca em sacos de lixo — sim, porque, por não ser branco e por não ter onde tomar banho, ninguém da espécie dele se aproxima para lhe oferecer sequer uma lasca de pão seco.

Mas logo calou sua indignação com uma mordida no canapé. E esqueceu o velho amigo em seguida, quando o veículo entrou naquele bairro de ruas arborizadas e céu respirável. Que maravilha aquela casa ali, com um portão de madeira trabalhada, um jardim florido.

— Chegamos, Louis! Este é seu novo lar!

Novo lar? Aquele era seu primeiro lar! Nascera na rua, crescera na rua, fora criado por um homem que partilhava com ele um espaço sob a marquise de uma loja de eletrodomésticos onde se abrigavam da chuva e do sereno. Finalmente um teto! Finalmente uma coleira! Finalmente um nome! Finalmente comida!

E foi exatamente assim que aconteceu. Passou a morar com a mulher e até dormir na cama dela às vezes. Poucos dias depois, recebeu a tal coleira, com um pingente de ouro no qual estava gravado "Louis". Conheceu o que era comida de verdade e passou a se esbaldar quatro vezes por dia, todos os dias da semana, inclusive de domingo — lá no centro, os fins de semana eram de barriga vazia, já que pouca gente ousava entrar ali quando o comércio estava fechado.

Passou-se uma semana, um mês, um ano. As regras de horário para comer, as visitas do tosador e do veterinário, as roupinhas que o faziam vestir, tudo isso o tornou um cão refinado, digno do nome que recebera. Ele até gostava, principalmente dos mergulhos na piscina para buscar a bolinha lançada pelos funcionários e pelos visitantes.

Mas um dia ele reconheceu a falsidade daquela vida, percebeu como o luxo e a ostentação levam inevitavelmente à degradação social. Apenas em um ponto ele era como os seres humanos: via e apontava com o focinho o erro dos outros sem perceber a ramela gosmenta no próprio olho. Felizmente, porém, seu instinto lhe permitiu farejar essa deformidade em si próprio e se coçar para arrancar essa sarna cancerosa.

Foi numa noite de festa. Os convidados todos fantasiados de gente distinta — traje que inclui necessariamente um sorriso imaculado do tamanho da Praia da Ferradura. E Louis, como um bom representante de sua espécie, era um expert em dentição: reconhecia alguém apenas analisando a cordilheira de incisivos, caninos, pré-molares e molares. Mais: jamais errava na hora de distinguir um sorriso verdadeiro de um risinho velhaco. Naquela noite, sem vontade de correr pelo jardim nem de mergulhar na piscina, atividades que tanto distraíam as pessoas, ele se dedicou a observar rostos e sorrisos. E não gostou do que viu. Todos sorriam como um vampiro, prontos para cravar os caninos no pescoço do interlocutor e sugar, não sem uma careta de nojo misturado com avidez, o que quer que corresse na veia dele.

Louis ficou horrorizado. Então no teatro daquela sociedade tudo não passava disso mesmo, de um teatro! Personagens querendo ser as estrelas da noite, demonstrando o quanto eram ricas ou fúteis e disputando quem conseguia enfiar mais fundo a faca nas costas do outro. Tudo isso com muita elegância. Louis estava envergonhado. Ele passara a fazer parte dessa farsa no momento em que aceitara aquela nova vida e esquecera todos aqueles que ficaram lá atrás, na luta para simplesmente sobreviver.

Não pensou duas vezes. Correu para perto da saída e, quando os primeiros convidados foram embora, esgueirou-se pelas pernas embriagadas e escapuliu. Sabia que só tinha um destino: a Travessa do Osso. Levantou a perna direita traseira, mijou no portão de madeira trabalhada e partiu.

Andou a noite toda sem descansar e chegou à sua conhecida travessa pouco antes do amanhecer. Estava frio e a neblina cobria a calçada em que seu amigo costumava dormir. Mas não foi difícil encontrá-lo. Aproximou-se e lambeu seu rosto. O homem abriu os olhos e viu seu velho companheiro. Sorriu. O cão reconheceu, naquela boca em que os únicos dentes que sobraram estavam tão pretos como a pele, um sorriso verdadeiro.

ENQUADRADO

Então, fez-se silêncio.

E ele, o silêncio, espreitou cada requadro da tela do computador. Nove retângulos de igual largura e igual altura. Dentro de cada retângulo, silhuetas de gente. Pessoas, daquelas humanas mesmo, sabe? De larguras e alturas variadas. Com óculos quadrados, redondos, com pupilas triangulares, elípticas, cuneiformes. E das roupas só se via a parte de cima: vestidos verdes, camisetas cinza, decotes bronzeados, camisas sociais pálidas, até um terno preto... Aff, como pode o sujeito usar terno neste Brasil braseiro? São figurinhas coladas em um álbum virtual ou estáticas monalisas com sorrisos corporativos onde se leem forçados rs, kkkk, hahaha? Não, isto não é pintura nem álbum de figurinhas. É vida real, na sua torpeza comezinha.

Vida que, mesmo enquadrada, finalmente se manifestou: um latido calou o silêncio. Um latido, vê se pode! O retângulo da mocinha com vestido verde se destacou e mudou de posição, como se agora fosse a figurinha número 1. Era ela a emissora do ruído. Como seus lábios continuavam fechados, podemos supor que o latido não saíra de sua boca, e sim de um cachorro que estivesse ali por perto. Claro, isso é apenas suposição — hoje em dia é complicado decretar verdades indefectíveis.

Agora sim os lábios se moveram, com um pedido de desculpa e o aviso de que ia desligar o microfone. E surgiram sorrisos reais, embora constrangidos. Alguém coçou o olho direito com o indicador esquerdo. Ou na tela é o contrário? Um olhar se dirigiu para o alto e foi baixando lentamente, como se acompanhasse um pernilongo abatido ou uma bomba de napalm.

A bomba verdadeira, no entanto, já fora detonada minutos antes. Antes do silêncio. Aliás, a bomba causadora do silêncio. Devastadora. Nenhuma vítima fatal, nenhum ferido, mas cataclísmica. E certeira. Precisa. Econômica. Uma bomba com apenas três palavras: odeio todos vocês. Três palavras com o poder de calar as demais. Três palavras disparadas pelo mais tímido dos rostos estampados naquela tela, o rapaz de camiseta cinza, que desde a detonação só olhava para baixo.

Os outros rostos, que a princípio ficaram paralisados, agora, depois do latido despertador, pareciam ansiosos, todos aparentemente encarando o retângulo do homem de terno, porque era dali que se esperava o contra-ataque. O homem de terno se endireitou, parecia que ia se manifestar. Ele tinha que se manifestar, era dele a obrigação de defender a equipe daquele vil conspirador, daquele rapaz que ninguém conhecia pessoalmente, pois entrara na corporação durante a pandemia, quando passou a vigorar o trabalho 100% remoto. Era até educado, prestativo, dedicado. Mas fazia alguns dias que parecia de fato perturbado, talvez pelo excesso de trabalho, que o obrigava a ficar desde cedo até tarde da noite conectado ao computador, sendo toda hora interrompido por algum daqueles rostos, quando não por todos ao mesmo tempo, nas inumeráveis reuniões que não levavam a nada.

E o homem de terno se manifestou. Ele, sempre tão eloquente, dessa vez só declarou que a reunião estava adiada para o dia seguinte às 10 da manhã e que o rapaz de camiseta cinza não precisaria participar porque estava demitido. Todos os retângulos foram desaparecendo da tela sem dizer um tchau, escapando daquela situação o mais rápido que podiam. Em segundos só restou um rosto: o do próprio rapaz.

Lágrimas escorriam de seus olhos quando estes se levantaram e encararam a si mesmos na tela. Ele estava só. Enxugou as faces com a mão direita e, com a mesma mão, clicou em sair e depois em desligar. Caminhou até o sofá e jogou longe a almofada laranja, para ficar deitado totalmente na horizontal, como num caixão. Olhou para o teto o resto da tarde. Finalmente estava livre daquele simulacro de gente, daquelas caras que pareciam recortadas de uma revista de fofoca. Caras sem volume, sem sentimento, sem vida. Não, não eram gente de carne e osso.

Levantou, foi até a mesa e olhou para o notebook desligado. Arrancou todo os cabos e fechou a tela. Com delicadeza, levantou o aparelho e o levou para o sofá. Pegou a almofada do chão, apoiou nela o notebook e deitou ao lado dele. Abraçou-o e seu coração se acalmou. Enfim, depois de meses mantendo apenas contatos virtuais, agora se dera conta de que tinha alguém de verdade, com volume e calor, para lhe fazer companhia e para o consolar.

PIPOCA COM PÁPRICA

Juro que esta vai ser a primeira e última vez que boto fogo em favela. Última! Não faz meu perfil. Prefiro explodir posto de gasolina. É mais hollywood. Mais espetáculo. Queimar favela parece filme brasileiro, do tipo mundo cão, sabe? Nem vou pôr no currículo pra não me queimar. E me queimar é algo que não quero mesmo, hehehe.

Tá bom, tá bom. Não precisa me dizer, eu sei que vai morrer um bocado de gente, principalmente a velharada, que não consegue correr. Isso quase me dá um arrependimento de ter aceitado esse trampo, principalmente quando penso na minha vozinha, que até hoje diz "bom trabalho" quando saio à noite. Você conhece ela, né? Mas ela também vai morrer um dia. Todo mundo vai morrer um dia, vamos fazer o quê? Tem velho que morre de velho. Tem nenê que morre de diarreia. Tem pobre que morre de fome — ou de bala, pobre tem o luxo de escolher. Ai, que cafona, dizem que tem gente que morre de amor.

A vida tá foda. Quem precisa de dinheiro, como eu, não pode ligar pra essas frescuras de morte. Como eu ia recusar trabalho? Tenho que pensar no bolso. E dinheiro gera dinheiro, faz girar a economia do país. O cara que me contratou pra esse serviço é que falou essa frase. Parece um sujeito bacana e inteligente. Ora, e tá no direito dele. Quem mandou encherem de barracos imundos seu terreno, que ele herdou do seu pai, que herdou do seu avô, que herdou do seu bisavô, que conseguiu comprar por um preço camarada aquele pedaço de terra onde ia encher de escravos pra plantar sei lá o quê, mas aí vieram com aquela história de abolição e seu empreendimento nunca saiu do papel. O lugar ficou sem uso desde aquela época, o homem contou.

Mas é propriedade privada. As pessoas têm que respeitar o que é dos outros, né? Não podem montar favela em terra que tem dono. Dou toda razão pro homem e faço questão de ajudar.

Agora falando aí na maior sinceridade, espero que o povo escape. Não sou assassino. Além da grana, eu gosto mesmo é do show, do fogaréu subindo até quase derreter a lua. E gente queimada não tem lá um cheiro muito bom. Uma vez, acho que foi no ano passado, quando esturriquei um posto de combustível pros lados do Jaguaré, o mané de um frentista foi no banheiro um minuto antes de eu riscar o fósforo. Se ferrou. Mas eu não gostei daquilo não. Passei a ter nojo de churrasco. De domingo nem vou mais ver o tricolor na casa dos camaradas, fico assistindo com minha vó, que faz uma tigelona de pipoca com páprica.

A conversa tá boa, mas tenho que trabalhar. Como eu disse, nunca queimei favela, então não sei como vai ser. Sim, ela não é muito grande, então acho que vai ser rápido. E eu sou bom nisso: o homem que me contratou até me chamou de incendiário bem-sucedido. Cara, que elogio! Agora deixa eu correr, pra ver se depois do expediente pego o mercado aberto. Minha vó disse que acabou a pipoca, e amanhã tem clássico contra o Palmeiras.

PIETÀ

Noite de São João. E eu lá, no útero. Pronto pra abrir a madre. Pronto pra conhecer o apavorado pai (ai, ai, o sexo frágil). Pronto pra desvendar o continente da mãe. Pronto pra testemunhar e protagonizar o milagre.

Vai nascer. Corre, Alberto. Me leva pro hospital.

Um rojão pro santo. Ou pra mim?

Noite de São Paulo. As ruas tão geladas. As ruas tão daninhas. E eu quentinho, no útero. Não quero sair do meu pote de geleia. Não quero ser só mais um. Outro beberocrata esperando romper a bolsa de Tóquio.

Pega as roupas, Alberto. O macacão do Miguelzinho.

Um rojão pros pais. Dia de festa. O segundo filho. O planejado segundo filho. O planejado último filho.

Mais do que dois eu não quero, Alberto. Depois do Miguelzinho chega.

Esses planos dedilhados na calculadora científica. Quero só dois. Quero que seja menino. Quero que seja santista. Quero que tenha os olhos do vovô. Quero que seja dentista.

Dentista! Por que ninguém quer como filho um maldito dum poeta marginal? Que egoísmo é esse de idealizar um ser humano, de aceitá-lo somente se corresponder a determinados critérios? E se eu nascer com um espanador no lugar da orelha? E se eu nascer verde? Vão me querer mesmo assim? Ou vão jogar seu carneirinho na boca de lobo?

Um rojão pro irmão mais velho. O primogênito. Vai ganhar um companheiro pra jogar fubeca. Pra exibir na escola. Pra ensinar palavrão. Pra bater. E pra amar.

Não esquece de buscar o Cacá na casa da minha mãe. Ele vai ficar tão feliz!

Legal já ter um irmão pronto, sem a agonia de ver o danado espigar na barriga da mãe. É bom ser o caçula, o coitadinho. Decidi que nunca vou comer brócolis nem lavar a louça.

Um rojão pro obstetra. Que nome mais obsceno! Eu queria sair da toca pelos dedos de cebola da dona Inácia. Sentir a tesoura banguela da dona Inácia. Não gosto do bafo de creolina que sai das consoantes do obstetra.

Vai dar tudo certo, Alberto. Vai tudo certo, né, doutor?

Um rojão pra lua, um rojão pro caminhão de lixo, um rojão pras formigas rodeando a defunta borboleta, um rojão pra loirinha na janela esperando o lobisomem.

Eu no útero. Aguardando a hora. Já quero nascer de tatuagem. Tatuagem de dragão, pra apavorar as meninas do berçário. Não vou ser moleza, não. Agora tô louco pra sair desse pote de geleia vencida.

Vamos lá. Eu confio no senhor, doutor. E para de fumar, Alberto.

Coro de rojões:

Chegou a hora! Vai nascer! Um viva para todas as famílias felizes!

Um rojão especial para a senhora Vida!

(para a vida que deu o cano. para a vida que mandou outra no lugar. que fez o pai chorar, mas de tristeza. que fez a mãe sangrar pelo desavesso.)

E eu lá, fora do útero. Fora do pote de geleia de São João. Recém-morrido. As mordidas das formigas não doem. Elas só querem a geleia. Estou surdo. O espanador me impede de ouvir as desculpas do obstetra. Tenho frio. E uma baita vontade de dizer para a menina da janela que o lobisomem não vem, o príncipe não vem. Ainda se fosse carnuda...

Um rojão pro segundo filho. Pro milagre adiado. Três anos depois, enfim chegou o esperado. O planejado segundo filho. O de olhos azuis. O futuro dentista. O santista. O perfeito.

Que pena que o outro morreu, né, Alberto? Ah, mas olha essa coisinha linda da mamãe!

E eu lá. Sem força pra abrir a boca do lobo e denunciar o milagre. Só ouço o rojão. O último rojão. O primeiro rojão. Calando minha voz aleijada.

MALABARES

A moeda de dez centavos, que com dificuldade passou pela abertura mínima do vidro, era quase tão franzina quanto a mão preta que a agarrou. "Deus te abençoe, dona." Dez centavos! Definitivamente, aquilo não estava funcionando. Fazer malabarismo com aqueles desnutridos limões não ia gerar grana suficiente para matar a fome do garoto. Ele precisava de algo que tocasse o coração dos motoristas.

Sim, o coração! Enfiou os dedos entre as costelitas e, com um puxão, deu à luz o bichinho. Mas era só um, que graça ia ter jogar o bruto pro alto? Com mais uma escarafunchada no abdome, arrancou o fígado e um rim. Agora sim!

Sob o sinal vermelho, começou a dança daqueles estranhos objetos. As pessoas olhavam assustadas e, com uma careta, lhe negavam dinheiro. Brincar com os pulmões, o pingolim e os olhos tampouco resultou em algum trocado. Para incrementar a apresentação, o menino tentou pular corda com as tripas enquanto equilibrava a bexiga no nariz. Acabou se enroscando todo e se desmanchou no chão.

Uma moeda, agora de um real, foi jogada na sarjeta, junto aos cacarecos que um dia foram um menino de rua. Meio deslocada e sem jeito, em cima de uma bosta de cachorro, a boca murmurou: "Deus te abençoe, dona". Mas o carro já tinha partido.

SUPERFÍCIE

Ao entrar no mar naquela manhã e sentir o tapa gelado da água, finalmente acordei para o que vinha acontecendo. Olhei para a areia e vi você deitada. Seu rosto, com a mesma expressão tensa dos últimos dias, e seu pensamento em outro lugar — ou seria em outra pessoa? — me fizeram compreender: acabou tudo. Aquela viagem era a despedida, e isso estava refletido em seus olhos, isso a onda veio jogar na minha cara. Você não me amava mais.

Dolorosa constatação: você não me amava mais, e eu ainda te amava. Sempre foi claro para mim que nós dois nos amávamos com a mesma intensidade. Havíamos dito isso várias vezes. E não era apenas dizer: eu sentia seu amor por mim, e sabia que você sentia meu amor por você, e ambos sabíamos que o outro sabia que sentia, e um sentia que o outro sabia que sentia que o outro sentia que sabia que... e ponham-se aí et ceteras e reticências até não caber mais no livro. Já no seu rosto as reticências, apesar de aleijadas de um ponto, omitiam algo nas pupilas baças. Isso era grave, porque não condizia com sua franqueza habitual.

Um dedo seu riscava a areia. Escreveria a solução do enigma, a rima final do soneto, a partitura do réquiem? Seria um desenho abstrato? Ah, como eu tinha problema com abstrações, com tudo aquilo que não tinha fórmula lógica, regra. E para mim nosso amor era uma fórmula lógica, tipo eu + você = felizes para sempre. Qualquer coisa fora disso me desconcertava. Ou será que você desenhava um coração? Claro que não, só um infantiloide como eu faria isso, jamais um adulto com cérebro apto a modelar abstrações. Com os pés no fundo da água, tentei desenhar um coração. O mar não deixou e borrou tudo com mais areia.

Outra onda vinha em minha direção. Mergulhei, para tentar atingir a área mansa, alguns metros à frente, como se a falta de ondas representasse a falta de problemas, como se a corrente levasse embora as aflições e a tristeza, mesmo que a água levasse você no pacote. Sim, já que tudo ia acabar, que você desaparecesse da praia, do planeta, do meu pensamento. Pelo menos eu não sofreria.

"Pelo menos eu não sofreria." Eu, eu, eu. Quer dizer que o maior problema ali era eu sofrer, eu ser machucado, a criancinha ser privada de seu brinquedo que a fazia sentir-se querida e paparicada. Alguma vez eu já havia pensado em seus sentimentos, em seus sonhos, em seus desejos? Claro que já, muitas vezes. Mas sempre eu quis sua felicidade para que eu próprio ficasse feliz, e precisava evitar seu sofrimento para que ele não me contaminasse. Era como o falso militante, que luta pelos direitos das minorias, que prega contra a pobreza e a fome apenas para alimentar o próprio ego, mas que jamais sentiu amor verdadeiro pelo pobre e pelo faminto. O eu sempre falando mais alto.

A cabeça, depois de pensar essas superficialidades debaixo d'água, volta à superfície. Você em pé, me procurando. Uma vez já havia me advertido que ficava aflita quando eu dava esses mergulhos longos. Achava que eu nunca mais voltaria. Dessa vez eu voltei — para quem, para quê? — e você se sentou. Aliviada ou decepcionada?

Novo mergulho. Tentei contar quantos segundos, minutos, horas passei debaixo d'água segurando a respiração. Perdi a concentração e voltei à superfície. Aparentemente ainda era o mesmo dia do mesmo ano. Dessa vez você nem deve ter percebido meu sumiço. Algo na sua mão monopolizava a atenção: o celular. Digitava e olhava. Digitava e olhava. Parou de digitar quando se lembrou da minha existência.

Um sorriso desenxabido ao perceber que meu olhar flagrara o delito. Parecia um sorriso de vergonha, mas poderia ser de escárnio. Voltou a digitar. Agora que havia sido descoberta, fazia isso com mais avidez ou descaramento. E o bobão lá na água. Instinto: esconder-me, afundar, jogar o corpo para baixo, como fazia quando criança na piscina, tentando sentar no fundo. Seria inútil: os chifres continuariam fora.

O que fazer? Voltar, pegar o aparelho, desvendar o segredo e arremessar os dois no oceano, afogando nossos (meus) sonhos? Brigar? Nadar até a África? Pegar o carro e abandoná-la naquele fim de mundo? Tudo isso exigia ação demais, e eu não gostava de espetáculo. A solução ideal para minha pusilanimidade era deixar-me encobrir pelas águas, abrir-lhes as portas para que me invadissem e inundassem meu peito, ser carregado para o fundo. Não, até isso seria espetáculo. Seria vergonhoso, e não pela covardia em si, mas pelo que os outros iam pensar quando observassem meu corpo inchado, roxo, inerte numa praia qualquer. Minha boca ficaria aberta e eu, mesmo morto, teria que ouvir um gaiato: "nossa, quanto tártaro". Minha sunga poderia se soltar e minhas diminutas particularidades ficariam à mostra. E minha alma poderia demorar a sair e ela própria ficaria à mostra nos meus olhos inexpressivos.

A solução era uma só: atirar pernas e braços para cima e ficar boiando infinitamente. As orelhas debaixo d'água para obstruir todo o ruído do universo externo. Que maravilha! O problema é que minha incontrolável ansiedade me obrigou a me erguer e procurar você pouco tempo depois. E o que vi não era exatamente o que eu esperava. Você não estava sozinha com o celular. Ao seu lado, uma família procurava um lugar à sombra da única árvore. Era uma praia pouco frequentada, e o fato de haver gente estranha lá desconcertou até o garotinho na areia:

— Pai, essa moça roubou nossa sombra.

Risadas suas e do pai. Constrangimento da mãe. Indiferença da irmã, que, uns três anos mais velha, dava pouca bola para aquele ser que aprendera a construir frases havia tão pouco tempo.

Algumas falas chegavam até mim: dia quente né, muito, praia bonita né, linda, são de onde... As perguntas do casal eram bem nítidas, mas as respostas monossilábicas que você dava eu apenas intuía, porque eu sabia que eram as mesmas que eu próprio daria. Fiquei mais triste. Se até nisso combinávamos, se muitas vezes pensávamos igual e nem precisávamos abrir a boca para revelar nossos pensamentos, pois apenas pelo olhar um sabia o que o outro queria dizer, por que tudo havia de terminar? Aquela história de almas gêmeas, de "nossa, vocês foram feitos um pro outro", eu acreditava que era a nossa história que um dia um escritor antevira e publicara inaugurando um clichê sem nos dar o devido crédito. Por outro lado, o clichê do "nada é para sempre" agora se mostrava absolutamente verdadeiro.

Decidi boiar de novo, desligar os ouvidos, o coração. Só manter os olhos funcionando e mirando o azul. Sem nuvens. Sem sol, que já rumava para o descanso, enxotado por mim mesmo — naquela solidão eu tinha poder para mover o sol, assim como tinha movido para longe de minhas lembranças uma aula da sexta série em que a dona Olívia explicava Galileu, os movimentos dos planetas, o sol no centro. Ela não conhecia você, não sabia que você era o centro do meu universo. Esses professores não sabem nada.

E o azul acima de mim? Ele não tinha centro, nem princípio e fim. Naquele momento ele não tinha o nome "azul", acho que ele nem tinha cor. Era o azul simplesmente, o nada e o tudo. Meus olhos não piscavam. Meu pensamento silenciado. Só contemplação. Eu nem mesmo pensava que não pensava em nada. Não pensava em você, não pensava em mim. Não pensava em Deus, e por isso talvez aquele tenha sido o momento em que cheguei mais perto dele em toda a minha vida. Só havia o azul, e o azul era minha oração.

Um grito de várias cores me tirou daquele estado. Uma voz de criança. Levantei e vi o menino apontando para mim.

— Olha!

Sua irmã parou de catar conchas e gritou:

— Mãe!

A mãe e o pai olharam para mim admirados. E você também, abandonando o celular na areia, levantou-se e me olhou. Meu Deus, o que havia acontecido? Será que eu estava sendo arrebatado para o céu? Ou será que, de tanto respirar o azul, eu havia me tornado um smurf? O homem foi até sua mochila, pegou a câmera, mirou e disparou:

— Olha lá! Olha a baleia!

A princípio demorei a entender e fiquei inerte. Isso causou certa irritação nas cinco pessoas da areia: todos vocês me repreendiam com o olhar, como se eu tivesse cochilado durante o filme justamente quando Rick diz a Ilsa uma de suas frases antológicas. E todos os cinco, coreografados, apontaram lá para trás de mim e bradaram em uníssono:

— Olha lá! Olha a baleia!

Em câmera lenta me virei. E vi primeiro o borrifo. Imponente, altivo. As gotas de água que se formavam no alto e caíam pareciam fagulhas entre mim e o sol quase poente. E embaixo ela, a baleia, o astro principal daquela tarde. Era um montículo escuro lá longe, quase não se distinguiam detalhes, mas a vista daquele ser tão estranho para nós —

embora nós é que fôssemos os estranhos no mar — era algo que maravilhava. À distância não se podia dizer que fosse um animal bonito, embora ninguém ali duvidasse de que de fato era lindo. Uma beleza ancestral, essencial.

Fui deixando o mar me levar para a areia, sem tirar os olhos da baleia. Não tinha nada a ver com minha experiência de encantamento com o azul do céu, minutos antes. Aquela tinha mais a ver com eternidade, plenitude; esta de agora era uma experiência de comunhão. Nós, seres urbanos saídos de uma metrópole, estávamos compartilhando um momento de intimidade com um morador das imensidões em seu próprio hábitat, não num aquário como um sapato na vitrine. Claro que a baleia não tinha vindo ali para se mostrar: olhem como sou maravilhosa. Isso é só vaidade humana, é correr atrás do vento.

E o borrifo não era seu número teatral, sua arte; nós é que transformamos tudo em espetáculo, embora na maioria das vezes desempenhemos o miserável papel de espectadores de uma peça sem nem mesmo entender uma máxima ou uma ironia dita pelo protagonista. A maioria de nós, seres racionais, desconhece até mesmo o fato de que a baleia não esguicha água, e sim borrifa ar quente que se condensa em contato com o ar da atmosfera e cai como chuva. O que para nós era espetáculo, para a baleia era apenas respiração, sobrevivência. Ela estava ali tão naturalmente quanto o entregador de pizza na porta de casa, ou uma roupa pendurada no varal. Mas para nós era algo espantoso, quase mítico.

A água foi me levando até que esbarrei em algo: você. Mesmo não gostando de se molhar, você havia entrado no mar. Para quê? Uns poucos metros não melhorariam a vista. Que raios você estava fazendo ali? Senti seu abraço, seu beijo em minha face e seu hálito ambíguo:

— Que lindo!

O lindo só poderia ser eu ou o animal, ou os dois — naquele momento eu achei, erroneamente, que só havia nós dois no seu pensamento. Pela primeira vez naquela viagem, ficamos de mãos dadas, simplesmente olhando a baleia afundar e aparecer e borrifar.

Uma discussão entre as crianças nos desviou a atenção:

— Não, Mateus. Ela não é peixe.

— É sim. É sim.

— A professora ensinou: a baleia é um mamífero, não é, pai?

— Sim, Beatriz. Ela mama igual você fazia alguns anos atrás.

— Eu não mamava não!

— Igual o Mateus.

— Pai, cadê a mamadeira dela?

— Bobão, ela não tem mão pra segurar mamadeira.

— Tem sim. Eu vi no desenho.

— Olha o esguicho.

Silêncio. Na hora do borrifo, todos paravam de falar para só observar. Agora nós dois já estávamos na areia com a família e participávamos da conversa.

— Afundou de novo.

— Que peixão né, mãe?

— Mãe, fala pra ele que não é peixe!

E a cena seguia assim. A baleia aparecia e as crianças silenciavam. Olhavam não sei se com mais encantamento ou mais naturalidade que os adultos. Pareciam reflexivas.

EDUARDO SIGRIST

Logo depois ela afundava de novo, e um cutucava o outro tentando parecer mais inteligente.

— O filhote apareceu?

Opa, uma voz desconhecida por trás de nós.

— Filhote? — você apertou com mais força minha mão antes de encarar o recém-chegado.

Um caiçara havia surgido do nada e, para observar a baleia, ajeitava o boné desbotado tentando proteger os olhos do sol, que na altura em que estava era impossível de ser ocultado, pois brilhava pouco acima do oceano e também brilhava espelhado e espalhado na água.

Passamos a ouvir a história do filhote. Já fazia alguns dias que a baleia era vista em várias praias da região, mas sempre acompanhada do filhote. No dia anterior, o caiçara estava numa praia vizinha, onde o mar parecia ter trazido o filhote para muito perto da areia, e com a maré baixa ele tinha dificuldade de voltar para o fundo. Ficou horas ali, e as pessoas não sabiam o que fazer. Pensaram até em chamar um barco para puxar o condenado para o alto-mar. O caiçara disse que não pôde esperar a conclusão, mas por sua experiência sabia que seria quase impossível o filhote se salvar. E, se não aparecera ali agora, é porque tinha morrido.

Todos baixaram os olhos. Menos você. Com um bocado de lágrimas escorrendo, encarou a baleia, e agora a admiração e o encantamento haviam desaparecido. Seu sussurro era quase de ódio:

— Por que você deixou isso acontecer? Por que não cuidou dele direito?

Os outros três adultos não estávamos exatamente tristes. Talvez nos sentíssemos meio enganados: até ontem as pessoas estavam vendo o espetáculo completo com os dois atores. Hoje pagamos ingresso inteiro e só vimos metade do show. Era frustrante. Eu não poderia chegar das férias e contar no escritório: "Tinha uma baleia e um filhote na praia, mas não vi o filhote".

As crianças, claro, talvez não fossem assim tão cínicas e hipócritas. Elas tinham se compadecido da baleia.

— Pai, ela tá triste. O choro dela vai pra cima.

Mas você era quem mais sentia e chorava. E a tarde ia embora. E nossas férias se acabavam. E nosso casamento... Tudo parecia combinar com um fim melancólico. O filhote de baleia morto era o último capítulo. Você usava esse episódio para extravasar sua sensação de não pertencimento a essa vida sem sentido, de não pertencimento a mim. Estava claro. Seu distanciamento dos últimos dias prenunciava o fim do nosso amor. E um amor que se encerra não é o capítulo final de uma história comum — é o prenúncio do fim da própria História, que sem amor fica à mercê dos interesses e ódios mesquinhos.

O caiçara se despediu e voltou sabe-se lá para onde. A família também começou a juntar suas coisas para partir, porque em pouco tempo ia escurecer e eles tinham que pegar uma trilha para outra praia onde estavam hospedados. Na beira do mar ficamos só nós dois, com a ponta dos pés na água. Você me olhou. Era nítido o desconforto. Você abriu a boca para me dizer algo, mas eu não queria mais aquela situação. Desvencilhei-me e fui em direção ao fundo. Era preciso o silêncio. Era preciso a escuridão. Era preciso ir para o mesmo não lugar em que jazia o filhote.

O que vi ao olhar para o horizonte foi... o próprio filhote! Ao lado da baleia havia outro montículo bem menor, quase imperceptível no mar crispado, borrifando um vapor menos espalhafatoso. Era ele mesmo, não havia dúvida. Mas não reagi, não dei as boas notícias para ninguém. Aquela descoberta era unicamente minha, e, já que tudo perdera o sentido para mim, o filhote não tinha importância nenhuma. E daí que estava vivo? Pior pra ele, que agora teria que encarar a dureza da vida por cem, duzentos, mil ou seja lá quantos anos vive uma porcaria de baleia no fundo do mar.

Foi Mateus que, quando a família já gritava suas despedidas para nós, também percebeu a nova companhia:

— Ele tá vivo! Ele tá vivo!

Os pais largaram as coisas no chão. As crianças pularam. E você me ordenando com as lágrimas:

— Volta, volta.

Eu não queria voltar. Não queria comungar daquela felicidade falsa por um bicho que nem enxergávamos direito. Mas todos me chamando para tirar foto. Ai, ai. O que me restava? De mau humor fui lá, posei para o retrato do "grupo feliz", apesar de saber que as baleias ao fundo ficariam imperceptíveis na imagem. E aquela família, quando fosse rever as fotos, jamais saberia dos dois eventos simultâneos: o reencontro da baleia mãe e da baleia filha e a separação entre nós dois. E todo ano, quando voltassem àquela praia, iriam procurar no mar a dupla de baleias — será que ele já cresceu? — e o casal caladão, sem saber que todos estariam separados: o filhote crescido na Argentina, a mãe em Cabo Verde, você em São Paulo e eu em qualquer buraco.

Não bastaram as fotos que o pai de família tinha feito. Você também queria "registrar o momento". Odiei seu clichê, e odiei mais ainda seu pedido para eu ir lá debaixo da árvore pegar o celular. Mas àquela hora nada me importava, e caminhei para mais um sacrifício, que para meu consolo deveria ser o último. O aparelho estava em cima da toalha. Antes de ligar a câmera, não resisti e fui bisbilhotar. Na tela, uma notificação de download concluído. Cliquei.

Fiquei anestesiado por alguns bons minutos. Quando dei por mim, o sol já havia baixado. Não se via mais a família de cetáceos nem a família de humanos, que já caminhava rumo a sua trilha. Você me abraçava, pouco se importando com a hora. O resultado do exame na tela do celular era enfático: você estava grávida. Finalmente, quando já não acreditávamos mais que poderíamos ter filho! Pouco antes de sairmos de viagem, você começara a sentir mudanças no corpo e fizera o exame sem me falar dele nem dos sintomas. Sentia-se otimista, mas aflita pelo histórico: em muitas ocasiões o otimismo não servira para nada e o resultado acabara nos frustrando ainda mais. Agora, no entanto, a história era outra. Enfim compreendi seu distanciamento e sua aflição dos últimos dias: você não queria estragar a surpresa, se o resultado fosse positivo, nem me frustrar à toa, caso fosse negativo.

De repente você se levanta e me olha fundo, me olha azul. Como nos bons momentos, só pela sua expressão sei que quer me fazer uma pergunta. Você põe a mão na barriga e puxa minha mão para sentir também. Ao mesmo tempo ficamos imaginando se será menino ou menina. E a pergunta que você queria fazer fica clara para mim. Nos beijamos. O beijo e minha resposta são cortados pelas vozes dos dois irmãos, que vêm lá do final da praia, onde começa a trilha:

— É peixe sim, Bia.

— Cala a boca, Mateus.

Em silêncio nós dois respondemos a pergunta: sim, Beatriz e Mateus são bons nomes.

DILÚVIO

No ponto de ônibus, nem sinal do 7282. Devia estar enroscado em algum canto do Parque Continental ou boiando junto com as melancias da Ceagesp, lá pelos lados da Gastão Vidigal. A chuva mais uma vez não perdoou os paulistanos e impediu muita gente como eu de chegar ao trabalho. Era melhor voltar para casa e ligar para a chefe avisando que seria impossível aportar no escritório, acrescentando um quase sincero pedido de desculpas por faltar ao serviço.

Eu já estava abrindo o guarda-chuva para ir embora quando percebi a moça ao meu lado. Morena, cabelos escorridos. Ela chorava enquanto cochichava no ouvido do celular. Como pude ter ignorado aquela pessoa tão notável, que chamava a atenção justamente por usar o aparelhinho de maneira tão discreta, numa época em que todo mundo pensa que celular é megafone e passa a gritar todos os detalhes de sua vida íntima para quem quiser ouvir? É claro que, para um escritor, é bastante instrutivo e inspirador ouvir o modo como as pessoas se expressam, observar gestos, captar aqui e ali uma frase do tipo "Meu pai não foi no casamento da Tânia porque ficou com o papagaio", imaginar histórias e criar personagens verossímeis. Mas chega uma hora em que a gente quer sossego e não tem o menor interesse em saber que uma das barangas do banco de trás passou a comprar uma nova marca de absorvente por ser mais confortável.

Talvez por isso a moça que chorava fosse tão encantadora. Era discreta na sua conversa, apesar de o choro não ser nada contido — ao contrário, ele corria descomedido, sem vergonha de demonstrar toda a tristeza daquela alma. Seriam aquelas lágrimas as causadoras da inundação de São

Paulo? Pensei na viola que declamava: "O rio de Piracicaba vai jogar água pra fora quando chegar a água dos olhos de alguém que chora". Cheguei a levantar as mãos para pedir que a moça parasse, e quase ordenei que não chorasse mais, mas percebi que São Paulo e o Tietê zombariam de meu romantismo e de minha ingenuidade de interiorano. Além disso, não achei justo interromper um choro tão exuberante.

Aguardei mais alguns minutos, olhando de vez em quando para o início da rua, só para disfarçar certa preocupação com a chegada do ônibus. Meu interesse, porém, era unicamente a moça que chorava. Qual o motivo de tantas lágrimas? Uma briga com o namorado é sempre a primeira hipótese no caso de alguém daquela idade. Mas a conversa tão discreta e delicada ao celular não denunciava qualquer sinal de desentendimento. Era algo mais profundo. A morte de um parente? Do cachorrinho de estimação? A reprovação em alguma matéria da faculdade? A chuva a estava impedindo de participar de uma entrevista de emprego? A melhor amiga estava muito doente? Não era possível desvendar nada naquele rosto de cerca de vinte anos. Ah, por que os jovens são tão indecifráveis?

Eu fazia mil conjecturas no momento em que ouvi um motor conhecido. Meu ônibus se aproximava, e eu, sem saber o que fazer — tentar chegar ao trabalho, voltar para casa ou ficar ali observando a cena —, acabei dando um sinal automático e embarquei. Fiquei sem resposta para minha dúvida.

Dentro do veículo, ainda olhei pela janela e vi pela última vez a moça que chorava. Ela acabava de guardar o celular na bolsa e levantar o rosto para o céu. As lágrimas continuavam a cair. Em meio ao vermelho das órbitas e ao cinza do dia, os olhos verdes se destacavam.

Tenho certeza de que nunca mais a verei. Em São Paulo, as pessoas chegam e desaparecem como as águas da enxurrada e as promessas dos políticos. E mesmo o choro delas acaba se dissipando tão depressa quanto as nuvens de dezembro, e é tão efêmero quanto as palavras deste conto. Mas, enquanto a maioria das pessoas parece ter vergonha das próprias lágrimas, aquela moça não tinha, porque não é vergonhoso se sentir triste. Ela era autêntica, o que hoje em dia é algo raro. Por isso não tenho vergonha de confessar que ali, dentro do ônibus, derramei algumas lágrimas de felicidade pela tristeza dela.

AH, COMO EU GOSTARIA

Ah, como eu gostaria, nesta noite de sexta-feira, nesta noite de sexta-feira em São Paulo, com todo o povo agitado nas ruas, a juventude agitada, a juventude da qual eu não faço mais parte, felizmente ou infelizmente, porque já não faço o barulho dos jovens, não suporto a falta de sensibilidade dos jovens, mas também não sou um velho casmurro, não tenho a seriedade dos velhos, e ainda lembro da infância como algo não tão distante no tempo, ah, a infância, ah, como eu gostaria, relembrando os céus estrelados do interior, os dias estrelados de peixes com meu pai e meu irmão, cada tucunaré que fisgávamos, relembrando as chuvas tomadas nas esquinas com os amigos, sem medo de gripe ou ladrão, relembrando as noites de paródia com minha mãe, quando recriávamos versos populares de cantores medíocres e inventávamos letras esdrúxulas, com ou sem rimas esdrúxulas, quando eu mal conhecia Chico Buarque e sua construção esdrúxula, quando o único clube da esquina que eu conhecia era o de camaradas que tomávamos chuva nas noites do interior e imaginávamos histórias de vampiro e detetive, e não era a famosa esquina de Minas, aquele magistral agrupamento de vozes e mentes que depois viriam trazer inspirações esdrúxulas a este coração norte-centro-sul-americano, inspirações que sei lá o que inspiravam ou inspiram, uma inspiração-respiração, batimento cardíaco, suspiro, vida e morte, que não é o mesmo tipo de inspiração que vem do Chico, nem é a inspiração spleen do poeta francês, muito menos essa inspiração enevoada que sopra das mãos enevoadas de Nelson Freire quando ele toca, neste momento, os noturnos de Chopin, noturnos tão noturnos e estrelados, noturnos tão ensolarados e chuvosos, que só me fazem pensar em como eu gostaria, nesta noite de sexta-feira, enquanto escrevo este conto, esta crônica, este poema, este romance esdrúxulo, estas palavras sem pé nem cabeça, só peito, estas palavras que só interessam a mim, estas pobres palavras que alguém um dia vai rotular de qualquer coisa como prosa poética ou como lixo, pra mim tanto faz, porque estas palavras são apenas noturnos escritos enquanto aguardo, nesta noite em São Petersburgo, em São Francisco, em São Luiz do Paraitinga, em São Luís do Maranhão do São Gullar, do Gullar que me observa agora, ao lado do Machado, do Pessoa, do Oscar Wilde e até do francês, que deve estar sentindo um spleen danado por me ver assim, e todo esse povo me olha de dentro de um papel-bíblia da Aguilar, todos esses caras comprados em promoções, todos eles valendo um preço tal, cento e dez reais e noventa centavos, mesmo reconhecendo que comprei essas caras estampadas na lombada da Aguilar apenas para adornarem minha estante, sim, porque nestes dias de trabalho e trabalho, como achar tempo para ler poesia e romance, e pior, como achar tempo para escrever poesia ou romance, e pior, como achar coragem para escrever poesia ou romance ou qualquer coisa diante desses olhares eternos, opressores até, é por isso que esta noite, em São Paulo das Almas Perdidas, eu só gostaria mesmo, pensando na volta dele, ele que foi maior que Machado ou Chopin, pensando que ele não deveria trazer a espada, e sim a paz, porém não dá, ele mesmo disse que não, e é isso mesmo que precisa ocorrer, precisamos da espada, do espinho, que corte a carne dessa gente egoísta, que arranhe a pele deste burguesinho que sou e o faça abrir a janela e sentir o cheiro de mijo e fome dos mendigos, que abra ao meio este burguesinho, eta palavra fora de moda, burguês, tão fora de moda como escrever cartas de amor, como escrever o falso e descabido fluxo de consciência de um burguesinho fora de moda, que se empanturra de pizza com muçarela derretida numa noite de sexta-feira em São Paulo da Miséria, terra dos burguesinhos como eu, dos milionários da rua de cima, das travestis debaixo do Minhocão, e dos mendigos de todo canto, em cima do viaduto, embaixo do Tietê, grudados na sola de nosso All Star fora de moda, agarrados ao pedaço de pizza que escorre para dentro de nosso estômago, tudo isso tão lugar-comum, tão clichê como falar da fome dos outros enquanto se devora um triângulo de muçarela de búfala, tão clichê como escrever maus fluxos de consciência, fluxos de consciência de um burguesinho sem consciência, porque só sabe ouvir Chopin dentro de um quarto de classe média, enquanto aguardo, já que não posso esperar por um novo mundo possível, tão fora de moda esperar isso, pedir paz, justiça, igualdade e nada fazer, discursos políticos jogados no vazio, tudo tão fora de moda como ouvir um noturno de Chopin e aguardar você chegar e, como toda noite você faz, ah, como eu gostaria de te ouvir chegar de mansinho na cama, me dar um beijo e um boa-noite-meu-bem, e me abraçar um abraço tão apaixonado e tão lúcido que num segundo silenciaria os gritos, os tiros, as sirenes e os roncos de fome, e eu fecharia este caderno de rascunhos porque a partir desse abraço nada mais importa senão lembrar que pelo menos aqui, neste quarto de classe média, ao som de um piano noturno que não é o de Sam, ainda existe o amor, eta palavrinha tão fora de moda que dá até medo de escrever para não gastar, para não acabar, para não chocar.

MICROCONTO PARA UMA MICROVIDA

O suicídio da moça foi um sucesso. Mas também, não era pra menos: que beleza de queda! Treze andares de mergulho no ar poluído de São Paulo, culminando com um baque adiposo na calçada. Ploft.

O povo delirou. O Ibope cresceu treze andares. E o sorveteiro faturou: no isopor, só encalharam os picolés de groselha. O único chateado era o Fubá, gari com dez anos de vassoura. De manhã tinha varrido tão bonito aquela calçada... Que falta de consideração! Não tinha outro lugar pra pular, não?

Enquanto isso, os restos da moça ali no chão. Quem era ela? Por que pulara? Teria família? Ninguém sabia. Talvez fosse esse o motivo do suicídio. Talvez vivesse uma vida tão mendiga de afetos que sua morte anônima não despertava a compaixão das pessoas, nem mesmo a deste insensível narrador.

EDUARDO SIGRIST

LACRIMOSA

A bicicleta era amarela, como ela queria. Eu tinha gostado mais da azul. O pai, da vermelha. Levamos a amarela mesmo, no tamanho indicado para a idade dela. Com rodinhas, claro.

Claro?

Nada é claro nesta vida.

Algumas coisas, aliás, são bem nebulosas. Não consigo lembrar, por exemplo, se a decisão final de lhe dar aquele presente foi minha ou do pai. Mesmo que tenha sido um pedido dela, a bicicleta era só um desejo bobo de criança. Naquela idade ela ficaria igualmente feliz com uma boneca ou um livro de contos de fadas. Eu pensei no livro; o pai, na boneca. Eram presentes bem mais baratos, e nós estávamos sem muito dinheiro. Quem decidiu comprar a bicicleta? As soluções mais fáceis sempre vencem... Se é a vontade dela, então vamos comprar a bicicleta e pagar em dez vezes, alguém de nós sugeriu e o outro disse amém. Um presente óbvio.

Claro.

Nada é claro nesta vida. Principalmente agora, depois de nossa garotinha morrer atropelada por um caminhão. Amarelo ele também, o caminhão, embora hoje, dentro da minha cabeça, as cores se embaralhem num tom amarelado-retorcido-ensanguentado-enferrujado.

Será que erramos no tom? Se, em vez de amarelo-ocre, fosse amarelo-fosforescente-me-enxergue-pelo-amor-de-deus, o motorista a teria visto a tempo? O anjo da guarda a teria visto lá do alto? Por que o desgraçado do vendedor insistiu? Ela até já estava se encantando pela vermelha, uma cor viva. Mas, para inflacionar a comissão, o pilantra nos

EDUARDO SIGRIST

convenceu a comprar a amarela-ocre, a bicicleta-caixão, o modelo mais caro.

Caro?

Caríssimo. Um preço alto demais para qualquer ser humano. Parcelado em mil prestações no cartão black.

O preço da culpa. Culpa que fizeram recair sobre mim — quem mandou nascer mulher? Mas a culpa é de ambos todos. É de todos ambos. É do motorista, que resolveu passar por ali justo naquela hora. É dos vizinhos, que não gritaram pra ele frear. É, claro, da cor amarela. É do vendedor de bicicletas, que nos manipulou pra comprarmos o modelo que lhe dava mais lucro. É de nós dois, que ouvimos a sugestão dele e batemos o martelo. Pregamos o caixão.

Amém.

Mas neste caso não há um juiz martelando na mesa e pedindo silêncio. Pois só existe silêncio. E o silêncio é o juiz. O silêncio é o próprio juiz e o próprio réu. O silêncio é uma metralhadora de acusações girando para todos os lados. Atingindo o verso e o reverso da felicidade. Dando o seu veredicto.

Culpado.

E o que é felicidade? Quando ela nasce? Ela não nasce: insinua-se. Ah, essa serpente edênica a nos instilar seu veneno: Prova. Prova-me. Mas não te vicies. Lê as letras pequenas do rótulo: prazo de validade indeterminado.

A felicidade morre? Vence. Lê de novo as letras pequenas do rótulo. Consulta o dicionário, ó ignorante. Decifra-me ou te devoro. Prazo de validade indeterminado. Indeterminado não é infinito, é impreciso.

Devora-me.

E eu — ó ignorante e imprecisa mãe — não sabia que a felicidade iria embora com o arco-íris. Maldito arco-íris e suas cores difusas. Maldito arco descendente, que nos leva sempre para baixo, para sete palmos abaixo. Onde não vingam os descendentes. Onde apodrecem as raízes da árvore genealógica decepada pela motosserra Vonder. Motosserra amarela.

Claro.

Claro como as penas dos anjos. Como as penas do pássaro na árvore.

— Ói, mãe! Sem a mão. Vou até a árvore. Ói, mãe! O passarinho ajul.

— Filha, o correto é azul (blue, I'm feeling so blue).

— Olha, ele tá levando um galhinho no bico.

— É pra construir um ninho para seus filhotes (um abrigo onde estarão seguros).

— O nenê dele também precisa comer verdura em vez de chocolate?

— Sim, filha, pra ter saúde (pra não morrer).

— Eu posso levar o passarinho na garupa?

— Ele gosta de voar, não anda de bicicleta (não é atropelado).

— Mas como é que chama o passarinho ajul, mãe?

— É azul que fala, filha (mas você não vai falar, você nunca mais vai falar).

Silêncio.

Como eu me culpo por não conseguir responder a pergunta dela. A última pergunta. Só descobri que era um sanhaço no enterro, quando um pássaro como aquele aterrissou como um caminhão-corvo em uma pequena árvore, uma árvore ainda criança, perto do caixão, e alguém disse seu nome. Sanhaço... aço, aço, aço. Não é uma canção da MPB. É o sólido piado colidindo, machucando, descriando.

Mas naquele dia eu não sabia. Eu não sabia nada. Nem ser mãe eu sabia. Não fiz curso de maternidade. Era ignorante na cartilha das mães de primeira viagem (viagem de caminhão). Não soube nem escolher um presente que prestasse. Não prestava pra ser mãe.

Mas pra ela eu era a mãe. A segurança. O passarinho azul cuidando dos filhotes. Por isso pedalava despreocupada a bicicleta amarela. Me perguntando perguntas de criança. Ela olhava o passarinho azul. Ele piando, cantando. Lacrimosa dies illa. Ela pedalava a bicicleta amarela com rodinhas. Eu me orgulhando de sua habilidade, eu que não sabia andar de bicicleta. Ela guiava a bicicleta sem as mãos. O caminhão chegando. Olha, sem as mãos. Olha, mãe imprestável. O motor do caminhão retumbando um samba de breque. O passarinho cantando. Ouve. Lacrimosa dies illa. Como será que chama essa droga de passarinho? Não sabe, não olha, não ouve. Não presta. Mãe?

Breque.

O motorista até freou, mas estava muito perto. Não deu tempo.

Claro.

PIETÀ

PARABÓLICA

O rastro que marcava a estradinha em direção à periferia da periférica cidade de Imburana não era feito por nenhum pneu de automóvel, pois disso só existia por ali um Passat 81 que não saía de casa havia três meses, por causa de uma moléstia nos ossos do joelho esquerdo de seu proprietário, o delegado, que, este sim, saía de casa vez em quando, mas deixava um rastro triplo com o contorno de dois pés e de uma bengala de carvalho. Também não era pegada de tatu, porco, cobra, lambisgoia, saci, porque tudo isso existia por ali, mas não costumava andar durante o dia naquela estradinha à beira dos poucos e pobres casebres das redondezas. Todos — bicho, gente, assombração — evitavam ser vistos por ali à luz do dia, pois seriam vítimas do olhar das rendeiras que ficavam a tecer fofocas na ponta da agulha.

O rastro, que acompanhava um par de calosas pegadas descalças, era uma marca riscada na terra pela estrutura desgrenhada de uma antena parabólica. Chegava a arrancar pedregulhos do solo, desmanchar formigueiros, estrebuchar trevos de três e de quatro folhas, tanto faz a quantidade, pois a sorte daquele povaréu não era direta nem inversamente proporcional ao número de folhas de um trevo, era um denominador zero. E essa antena parabólica, puxada com tanto suor pelo braço sem parábolas do Vicente, estava chegando meio estragada ao quintal do Vicente, vinda lá da cidade, da casa do cunhado do Vicente, que lhe vendera fiado aquela geringonça havia muito abandonada, concha abortada pela ressaca do sertão. A Isabel, irmã do cunhado do Vicente, e por coincidência mulher do Vicente, fazia tempo que pedia uma parabólica para ver a novela das nove, para ver a protagonista da novela das nove, a

Suzy, porque o sinal VHF atravessava com dificuldade a serra e chegava meio empoeirado a Imburana, deformando o rosto da atriz e impedindo a Isabel de ver como ficou a plástica no nariz da Suzy. Nariz que, se levassem em conta as histórias que a Isabel lia na revistinha da venda do Malaquias e recontava ao Vicente, devia ser a cada dia maior, porque, segundo lenda da região, as mulheres que enganavam o marido encompridavam o nariz próprio e o chifre alheio, e a tal da Suzy não era brincadeira em matéria de cornear o digno esposo.

Comprara fiado, o Vicente, pois estava desempregado, e só mesmo o cunhado para lhe fazer aquele favor. Tinha um mês para pagar, sob pena de perder para o bom cunhado a tevê de 14 polegadas, que entrara no roteiro daquele melodrama financeiro fazendo o papel da garantia e que fora, aliás, presente de casamento do próprio cunhado. Mas o que importava no momento era a felicidade da Isabel, os três anos de casados, os três anos de choradeira querendo uma antena decente para ver novela.

A antena foi deixada lá, descansando no quintal, enquanto o Vicente entrava para tomar um gole de água e repor os sais minerais que seriam necessários para instalar o monstro, apesar de o Vicente não entender nada de eletrônica, não saber o que era satélite, não atinar com nada que não fosse feito de madeira e pedra. Mas entendia de mulheres, principalmente da sua, e sabia que, se a Isabel chegasse mais tarde e não encontrasse a tevê tinindo, ela ia entrar fuzilando, irritada depois da viagem de algumas horas de jardineira até a cidade vizinha, disse que pra comprar uma calcinha vermelha, pois esse tipo de artefato sensual não era vendido no casto comércio local. Essa história excitava o Vicente, que queria de todo jeito agradar a mulher para, depois da novela, pedir que ela vestisse e desvestisse a nova aquisição.

PIETÀ

Além de tudo, ele a adorava, amava mesmo, embora o povo dissesse que amor por aqueles lados era ventania, ia-se embora se não fosse nutrido com um bom prato de feijão com arroz e farinha. Não era vagabundo, o Vicente, só dera azar de perder o emprego logo depois do casório, e até agora não encontrara nenhum trabalho sério, só aquele bico ajudando o irmão na pedreira, que lhe garantia umas migalhas para comprar migalhas. Ele queria provar que de amor se podia viver sim, era homem com H maiúsculo e sabia fazer uma mulher feliz, sabia honrar as promessas do matrimônio, e aquela antena ia trazer felicidade para o lar, porque era um ato de amor.

Felicidade não se espera, se constrói, e o Vicente voltou rápido ao quintal para começar a instalação daquele receptor de bem-aventuranças conjugais. "Não tem segredo, Vicente", vinha de longe, pelo satélite, a lembrança da voz do cunhado, "ela já tá montada, é só enfiar o cano no chão, puxar os fios e direcionar o centro pro Cruzeiro do Sul."

Apesar de o Vicente ter tomado uma boa dose de sol durante a caminhada, o algoz lá do céu ainda tinha muito calor para tostar a testa do caboclo, antes de se refugiar atrás da serra. Até o anoitecer dava tempo de o Vicente fazer o buraco e desemaranhar aquela teia de fios e cabos que o cunhado lhe empurrara, mesmo sem saber para onde diabos teria que apontar aquilo, pois o Cruzeiro caminha no céu, não tem pouso fixo, mas isso ele ia ver à noite, agora tinha muito que fazer.

Pegou o enxadão e começou a cavoucar o chão, cavoucar o pensamento, imaginando a alegria da Isabel, o suspiro da Isabel, ai, que sempre o atacava e o enchia de ternura, o suspiro do início do namoro, sonhando filhos e eletrodomésticos, sonhando antenas parabólicas e novelas, sonhando o galã que o Vicente nunca fora, mas que servia pro gasto.

A terra seca ia se amontoando ao lado do buraco, terra que poderia voar ao léu depois de um suspiro da Isabel, o suspiro, ai, que sempre o atacava e enchia de desejo, o suspiro do início do casamento, nas noites de sábado, quando os dois se entregavam a todo tipo de carícia, quando os dois se entregavam a intimidades que o Vicente agora, vendo a terra seca, estéril, recordava com saudade. Quem sabe esta noite, com a ajuda da parabólica e da calcinha vermelha, a Isabel volte a procurá-lo com a mesma necessidade dos primeiros tempos.

A cova já era suficiente para enfiar o cano da parabólica, atochar lá no fundo e depois, ufa, o trabalho menos cansativo, que seria apenas empurrar a terra de volta, preencher os contornos do metal, apertar, pisar, para ficar tudo rijo. Mas como era pesado aquele serviço. Se ao menos houvesse o suspiro da Isabel para ajudar, o suspiro forçado das últimas noites, ai, que sempre o atacava e enchia de ciúme. Ela já não era a mesma desde que passara a ir à venda do Malaquias ler sobre a Suzy e os namorados da Suzy, porque o nariz da Suzy isso, o nariz da Suzy aquilo, o namorado da Suzy que parecia um deus, o outro namorado da Suzy que parecia um leão garboso, o amante da Suzy que tinha o cabelo do... Malaquias!

Como ele não desconfiara? Não, não podia ser, estava imaginando coisas, culpa daquele sol a fritar a mente, culpa daquela antena a prenunciar novelas e filmes impróprios que mexiam com a cabeça das senhoras casadas, culpa daquela antena-sol que mexia com a cabeça dos senhores casados. O Vicente não conseguia parar de cavar e já podia se enfiar até o joelho na cova de tatu, quase até as coxas, quase até o sexo seco de vontade, mas era preciso cavar mais e mais e mais.

Por que uma antena daquela? A vida por ali já era gigante demais, com todas as histórias contadas pelas rendeiras sobre lambisgoias e mulas sem cabeça, não era preciso uma parabólica pra saber sobre o resto do mundo, porque o mundo ali era gigante demais, embora coubesse sei lá por que traquinagem de saci dentro do cachimbo dos anciãos, nos causos que eles contavam sobre lambisgoias sem cabeça, o mundo era grande e pequeno, vai entender, e cabia em tudo, menos naquela meia cabaça apocalíptica feita de arame e suor.

Cavar era preciso, porque a Isabel logo ia chegar e querer de todo jeito ver a novela pela parabólica, era preciso cavar mais, para o Vicente enterrar bem fundo aquela desconfiança, aquela desgraça de imaginação de desempregado vadio. Mas ele não era vadio, apenas pensava coisas demais sobre a Isabel, coitada, tão boa moça, coisas de novela, não da vida real, pois na vida real havia as rendeiras, os bons cunhados, as cobras, os tatus, a vila, a venda do Malaquias.

O pior era que o Malaquias andava meio arisco com ele, sempre arrumando serviço pra fugir da conversa, sempre num não dizer, num não encarar. E a Isabel andava suspirosa demais, ansiosa demais, muito suspeitosa com aquela história de comprar calcinha vermelha, pois ela nunca gostou de vermelho.

Precisava ir lá, tirar tudo aquilo a limpo, estapear a Isabel, estripar o Malaquias, mas antes tinha que terminar o trabalho. O sol já sumira atrás do novo horizonte edificado pela borda do buraco, as primeiras estrelas começavam a aparecer, logo o Cruzeiro do Sul ia apontar lá em cima, e ele não conseguiria sair do abismo, que já estava fundo demais, mas não o suficiente, pois o cano era longo, o ciúme era imenso, o nariz da Isabel era descomunal. Tudo tinha de caber ali.

Que ventania! Chega de cavar, preciso sair daqui pra plantar a antena, depressa, já estou ouvindo a risada do Malaquias, já estou ouvindo a risada da Isabel, já estou ouvindo o suspiro dos dois namorados a empurrar a terra pra dentro da cova. Socorro! O suspiro, o vento. Ser enterrado vivo não quero, me deixem ir embora, prometo que não vou atrapalhar, e ainda instalo a antena para vocês assistirem à novela juntos, me deixem sair, tenho que apontar a antena pro Cruzeiro do Sul antes que o sol nasça de novo, antes que a Isabel chegue de calcinha vermelha, antes que o cunhado venha cobrar o pagamento e leve embora a televisão, antes que esse suspiro-vendaval da Isabel leve dentro de seu redemunho a parabólica, o cunhado, a lambisgoia, o tatu, a vergonha. A terra, a terra, o nariz asfixiado, a terra, o pó, a mente asfixiada, a terra, a terra, o nariz, o nariz. O narizinho da Isabel, tão pequeno e bonito, apontando para o Cruzeiro do Sul. A cova do Vicente, a cruz do Vicente, apontando para o satélite da tevê.

As pegadas do Vicente e da antena tinham sumido na estradinha. As rendeiras também sumiram, escondidas dentro de casa, fugindo da ventania. Os trevos não tinham três nem quatro folhas, todas arrancadas, levadas pelo movimento parabólico do pé de vento que se distanciava. Arte de saci, pensou a Isabel. Ela seguia a pé pelo caminho, deixando seu próprio rastro no chão. Rastro rebolado e encarnado como a calcinha que trazia no corpo. O Vicente ia gostar, ele que andava tão borocoxô depois de perder o emprego. Depois de começar a beber na venda do Malaquias. Depois de começar a ficar até tarde assistindo à tevê na venda do Malaquias. E só falava de novela, de histórias distantes e banais sobre traição e romance. Pois se nem a própria Isabel via novela, achava que isso embotava a cabeça de todo mundo, quanto mais a de um desocupado como o Vicente. Ele tinha perdido o ânimo, dizia que sem emprego não havia feijão com arroz e farinha, e que só de amor ninguém vivia. Mas a calcinha vermelha ia reanimá-lo, ia trazer de volta os primeiros tempos. A Isabel queria provar que de amor se podia viver sim. Era mulher com M maiúsculo e sabia fazer um homem feliz. Sabia honrar as promessas do matrimônio. E aquela calcinha ia trazer felicidade para o lar, porque era um ato de amor.

EPITÁFIO

Nunca vou me esquecer do dia em que olhei para o rosto dentro do caixão. Era eu mesmo lá, deitado, sem sequer um travesseirinho, e com um ridículo algodão nas narinas. Calma, leitor. Não vou usar a pérfida artimanha de escritor sem imaginação e, ao final da história, dizer que tudo era sonho. Não quero subestimar sua inteligência. Era eu mesmo ali, mortíssimo, já fedendo, e não era sonho. Tanto é verdade que, se você quiser, posso lhe mostrar os calos que brotaram na mão quando carreguei o pesadíssimo caixão e não sumiram até agora. Devia ter feito a dieta do dr. Atkins.

Morri e, com a ajuda de alguns desconhecidos, enterrei a mim mesmo naquele dia. Foi tranquilo, sem chuva, sem choro. Todas as mortes deveriam ser assim, com o mínimo de drama possível. Eu sei, é fácil dizer isso quando o defunto é um ser imprestável como eu, que não fará falta a ninguém, ainda mais quando ele continua por aí, como um morto vivo de filmes B. E o pior, escrevendo bobagens. Mas não sou um morto vivo (nem estou querendo parafrasear ou imitar o inimitável colega Brás Cubas). Estou vivo. E talvez, no meu sepultamento, eu tenha enterrado também o mínimo de verossimilhança que deve haver numa narrativa. E eu com isso? Já morri e continuo vivo. Só esse fato inaudito me exime de dar explicações sobre qualquer coisa.

O que importa é que não houve choro. Ainda melhor, eu mesmo não chorei. Ora, por que haveria de? Sempre fui uma pessoa fraca, pusilânime. Passei a vida toda chorando por besteiras, e também pela morte de tanta gente. Chega! Tem uma hora que até a tristeza cansa. E a felicidade. Rir, chorar. Ha. Ha. Ha, It's time that we began to laugh and cry, and cry and laugh about it all again. É isso a vida, Mr. Cohen?

EDUARDO SIGRIST

É claro que não posso comemorar minha morte nem a continuação de minha vida. Sinto-me um tanto perdido. Se antes eu não sabia quem era, imagine agora, tendo de conviver com a consciência de um vivo e de um morto. Pensando bem, acho até um pouco injusta essa história. Eu não podia ter batido as botas como todo mundo? Bye-bye, Brazil! Adieu, Casablanca! Acho que devo ter perdido algum clichê. Se pelo menos minha morte fosse metafórica, se eu pudesse dizer que naquele dia havia sido enterrado o bancário para nascer o escritor. Mas não, para tanto não me ajudaram engenho e arte. Mesmo na morte sou conotativamente um zero à esquerda em conotações. Continuo bancário incompetente, um burocrata com aspirações literárias que não passarão de decepções, cuja principal obra talvez seja um cartão de ponto bem batido no final do mês. Sem erros de concordância. E assim vou levando a vida, burocraticamente, esperando o dia de bater meu ponto definitivo, morrer pela segunda e última vez. Para quem for carregar meu corpo, prometo perder uns quilinhos.

E aqui termina meu conto.

— Como assim? Sem uma trama envolvente, sem um desfecho inesperado, sem qualquer palavra relevante, enfim, sem tudo, sem um único com?

Sim, assim mesmo, pobre leitor. Se nem a morte conseguiu dar um fim a alguém como eu, dessa raça de sonhadores que não realizam nada e vivem babando letras oníricas, imaginando a obra-prima que jamais será escrita, então que fique este conto sem final como o epitáfio de um escritor que não nasceu. Volte para a leitura de seu Faulkner, de seu Guimarães Rosa. E desculpe-me por tomar seu tempo. Quanto a mim, estou agora no cemitério, dei uma passada antes de começar o expediente lá no banco. Sem arrependimento nem mágoa, trouxe um vasinho de violetas para o que aqui jaz.

O VELHO, O PANGARÉ E A CARROÇA

O velho, o pangaré e a carroça vinham sacolejando pela rua. Cabeça pra cá, rabo pra lá, roda pra cima, olhar pra baixo. E o mundo girando, girando.

Girando vinham os pensamentos do velho, o rabo do pangaré, a roda torta da carroça. Girando o mundo. O mundo gritando de cansaço.

Todo dia o homem, o pangaré e a carroça desciam a Augusta para colher esperança. Catavam, quando havia, papelão, entulho, sucata; mas quase sempre apenas chuva, gripe, cuspe na cara. E a esperança era a cada dia mais escassa.

Velho sem nome, gostava de ser chamado simplesmente de velho. Tão velho quanto a madeira da carroça, tão encurvado quanto o lombo calejado do pangaré. Velho.

O pangaré tinha um nome: Chicão. Também era velho, o Chicão. Diziam que já tinha caminhado mais que o rio São Francisco. O Velho Chico e o Chico velho.

A carroça, quem diria, também tinha história. Uma vez havia carregado a princesa Isabel. Ah, Isabel, como era linda aquela morena, a princesa dos carnavais de antigamente lá na quebrada onde o velho vivia! Rebolava mais que o pangaré Chico. A carroça tinha história, assim como a princesa e o velho. Mas, para essa gente pobre, história tem outro nome: sobrevivência.

Vinham o velho, o pangaré e a carroça catando dores e cantando amores. Uma vez, numa lata de lixo, o velho encontrou um vestido verde, comprido, já desbotado, mas que um dia fora bonito. De alguma madame. Ele o pegou, cheirou, beijou, suspirou e devolveu ao lixo. Seria de um amor antigo ou um imaginado amor futuro? O velho subiu na carroça e continuou sua jornada assobiando Nelson Gonçalves.

Outro dia, numa praça do Centro, o velho viu de longe um montinho saliente. Seria um pote de ouro no final do arco-íris? Desceu da carroça afoito e foi ao seu encontro. Assombro! Era um bebê, uma menina sem vida, sem afeto. Natimorta? Natitorta. Rejeitada pela mãe e por esta sociedade miserável.

O velho chorou, o pangaré relinchou, a carroça rangeu. E o mundo não parou de girar. Não era pra tanto.

O velho pensou em chamar a polícia, mas desistiu. Algum homem pode fazer justiça num caso desses? Com as mãos ele fez um buraco no jardim e enterrou o corpinho de Margarida (assim ele a chamou). Como tinha guardado uns trocados para casos de emergência, comprou sementes de margarida e lançou-as por cima de Margarida.

Depois de uma semana, lá voltou. Sobre Margarida, nem margarida nasceu. O velho quase assobiou Djavan, mas achou mais apropriado fazer um sinal da cruz e rezar uma missa de sétimo dia.

Nas semanas seguintes, o velho, o pangaré e a carroça continuaram a correr pela cidade, catando coisas velhas, guardando coisas velhas e recordando coisas velhas. Tudo era velho como eles.

Na carroça, no canto mais escondido, ia uma caixinha de madeira trancada com um cadeado, para que ninguém abrisse. Até mesmo o velho evitava abrir sem motivo, com medo de que o conteúdo escapasse. O que havia dentro? O pouco de esperança que ele já havia recolhido em suas andanças.

Dia desses o velho encontrou, perdida no meio da rua, uma nota de cem reais. Não comprou roupa, nem comida, nem bebida. Passou no marceneiro e, resoluto, comprou uma roda nova para a carroça, a fim de substituir a antiga roda torta. Depois de fazer a troca, puxou a carroça na planura da rua. Outra decepção: a roda nova também girava torto.

E assim torto, caloso, o mundo continua girando, a carregar o velho, o pangaré e a carroça. Até quando? Até desaparecer o último grão de esperança.

■ NA NUVEM

Chico Buarque vai se casar esta noite. Detalhe: ele não sabe.

Neste momento, enquanto Chico toma o café da manhã no Rio de Janeiro, uma mulher de mais ou menos 35 anos embarca no avião em Fortaleza. Seu nome é Cecília, mas não adianta lhe perguntar isso: nos minutos que antecedem a decolagem, ela entra em tal estado de pânico que tudo se apaga de sua mente, até mesmo o próprio nome; e agora, se ela fosse se apresentar a algum vizinho de assento inoportuno, inconscientemente diria chamar-se Rita ou Carolina. Ou Iracema. Ou Januária.

Não fale com ela, não lhe pergunte nada nessa hora de tensão! A cabeça só pensa em uma coisa: e se essa imitação fajuta de pássaro, depois de correr por toda a pista, não tiver velocidade ou força suficiente para vencer aquela outra força, a da gravidade, e não descolar as patas do chão? E se aquele barbudo do assento M2 for o primo do Bin Laden? E se algum passageiro não pôs o celular no modo avião e isso interferir nos comandos eletrônicos da aeronave? É por esse motivo que ela, precavida, sempre desliga seu Motorola.

Ah, e ela precisa tanto do celular! É nele que está registrado todo o plano do dia, incluindo os endereços mais importantes: a loja onde encomendou o vestido, o hotel e, é claro, a casa de show em que Chico vai se apresentar e onde ela vai não só declarar seu amor, mas também fazer o pedido de casamento. Esse pedido, que demandou tantos dias para ser escrito, reescrito e decorado de modo a não parecer piegas nem presunçoso, ficou tão perfeito que ela tem certeza de que o cantor não vai resistir a tamanha sinceridade e beleza.

Por falar em beleza — e a modéstia que se exploda, diria Cecília —, o Chico seria um idiota se rejeitasse aquela fã mais que fã, mais que musa, quase a encarnação da própria inspiração. Quando souber dos tantos sujeitos que ela rejeitou por causa dele — dos românticos aos repugnantes, dos sinceros aos notoriamente canalhas, dos miseráveis aos milionários —, o grande Francisco de Holanda vai cair de joelhos e cobri-la de sins. E ela enfim vai se entregar a um homem, pois dessa vez é um homem de verdade. Desde a adolescência, quando ouviu Chico pela primeira vez, ela não suporta aqueles australopitecos que nem sequer sabem o que é uma redondilha e nunca teriam a genialidade que o Chico tem para encaixar na métrica de uma letra de canção uma palavra tão australopiteca como "paralelepípedo".

Chico, Chico. Se estivesses aqui... Só tua mão pousada acalmaria o exaltado coração! São minutos intermináveis, agoniantes, paralisantes. Quem inventou essa história de avião? Ah, se pegasse o desgraçado, passaria horas torturando-o até que delatasse e deletasse todos os esboços, os cálculos, os projetos da igualmente desgraçada máquina de avoar. Quem precisa de avião, essa coisa que...

Ufa, decolou!

Agora, já no alto, o troço até que não é tão ruim. Apesar do desconforto de sentir-se presa numa caixinha do China in Box a muitos metros do chão — uma caixa que, se decidir ir para baixo em vez de para cima, ninguém será capaz de impedir —, Cecília começa a voltar ao normal. E voltar ao normal significa apenas mudar o foco da tensão: sai avião, entra casamento. Onde é mesmo a loja? A que horas é o show? Qual é a estratégia para entrar no camarim? E como começa o texto a ser declamado-declarado?

A decolagem afetou sua segurança. Cecília já não tem certeza de nada.

Moça, posso ligar o celular? Chico, você me aceita como... Ai, não era assim.

Celular ligando. Lento, lento, lento, lento.

Calma, são só três horas de voo, e ainda há muito tempo para o show.

Celular ligado. A tela travada. Lenta, lenta, lenta, lenta.

Saudade de quando não existia internet e a gente sabia esperar a hora das coisas.

Celular funcionando. Clica aqui, clica ali...

Pera lá, cadê o arquivo? Sua burra! Você salvou na nuvem, não na memória interna!

Mas é proibido usar a internet. Atenção, passageiros, pedimos que os aparelhos...

Já sei, já sei. Ah, mas preciso tanto consultar meu arquivo com os endereços, a declaração... Eu esqueci tudo o que tenho que dizer! O Chico vai me odiar!

Cecília de novo à beira de um ataque de noivas. Ela precisa reler o texto, relembrar as frases de efeito, os adjetivos pesquisados no Dicionário Etimológico do Antônio Geraldo da Cunha — dicionário que o próprio Chico já confessou consultar para compor suas canções. Se ela esquecer o texto, o casamento surpresa do ano será um fiasco.

Ela pensa em ligar só um pouquinho o 4G para passar os olhos pelos pontos principais. É rápido e eficiente: ler o início e o fim de cada parágrafo tem o efeito de um download completo no cérebro. É rápido, sim, mas é perigoso. E se aqueles poucos minutos de conexão iniciarem um processo de falhas na comunicação da aeronave que aos poucos vai atingir os itens de segurança e... (Não, Cecília!)

É perigoso, sim, mas é rápido. Não vai dar tempo de afetar nada. E ela já viu outros passageiros mandando mensagem de WhatsApp, lendo o jornal on-line, conferindo e-mail... (Sim, Cecília!)

Cecília sempre foi prudente. É daquele tipo que jamais come manga e toma leite porque, em algum dia remoto de sua infância, sua vó a alertou do perigo de tal mistura nitroglicerinada. E dessa vez o risco envolve outras pessoas. Misturar essa manga voadora com leite digital pode resultar numa congestão aérea cujo resultado seria noticiado pelo próprio William Bonner no jornal da noite.

Dessa vez, porém, ela resolve ser ousada. A tecnologia de aviação evoluiu muito e, nesta época em que ninguém vive sem internet, deve haver diversos itens de segurança para evitar que um mero celular afete o que quer que seja dentro do avião. Cecília desliza o indicador pela tela, tocando de leve a foto de fundo — bem, não é preciso dizer que a foto é de certo cantor e compositor carioca. A página de configurações aparece, o rosto de Chico Buarque some. Cecília hesita, volta para a tela inicial, dá um beijo no rosto do amado e então ativa os dados móveis.

No momento em que o arquivo começa a ser carregado, um solavanco derruba o celular. A comissária de bordo que passava pelo corredor também cai. Várias pessoas gritam. Cecília tenta pegar o celular, mas um movimento alucinado do avião joga o aparelho para um lado que ninguém mais sabe se é a frente, o fundo, o teto. Quando o texto enfim é carregado totalmente e aparece na tela — que agora ninguém consegue ler, nem Cecília, nem a comissária de bordo, nem o primo do

Bin Laden e muito menos o Chico Buarque —, um estrondo fortíssimo parecido com uma explosão faz tudo se apagar.

Chico Buarque ia se casar aquela noite. Detalhe: ele não sabia. Ele nunca saberia. No dia seguinte, lê com atenção a reportagem sobre o acidente aéreo. O jornal traz o nome e a foto de todas as vítimas. Como ser humano sensível, ele se condói do sofrimento dos familiares e sofre pela morte de tanta gente. Como artista, vai passando pelos nomes e pelas fotos, a imaginar a história de cada um, os sonhos de cada um. Alberto. Amanda. Ana. Bernardo. Carla. Na hora em que ia ler o nome de Cecília e observar seu rosto, os olhos pulam para a foto de baixo, por reconhecerem um par de sobrancelhas familiar: é o Celso, jornalista que cobriu uma de suas turnês há muitos anos e ficou na história por ter feito um gol de placa na única partida que disputou pelo Politheama. Chico fecha o jornal, emocionado.

Lá nas nuvens daquele céu eterno ficou a alma de Cecília. E na infinita nuvem de dados em que as pessoas vão gravando tudo, desde selfies repetitivas até canções de MPB, ficou seu sonho. Para onde vão os dados da nuvem de alguém que nunca mais vai acessá-los de novo? Onde foi arquivado o sonho de Cecília?

Quem sabe um casal de hackers do futuro, vasculhando esse vasto mundo de memórias desvanecidas, se depare com o texto de Cecília e se ame com o amor que, um dia, ela deixou para o Chico.

PEQUENA MORTE NA MADRUGADA

Um rapaz de boné vermelho virado para trás enforcou-se no jacarandá-mimoso da minha casa.

Acordei com o sussurro de sua alma asfixiada sendo desalojada. Na madrugada embaçada pela vidraça suja, a princípio só enxerguei o boné. Balança que balança até estacar, o vermelho se destacando contra a xilogravura soturna da árvore, da corda e das casas ao fundo. Goeldi puro. Só faltavam os urubus, mas estes já tinham sido convocados.

Mesmo sem enxergar o rosto, reconheci o sujeito. A silhueta não mentia: era o office boy baixinho e magro que eu tinha conhecido no bar naquela mesma noite. Na caminhada de volta, ele me acompanhou até minha casa, pois disse que morava logo adiante. E parou pra olhar admirado o imponente jacarandá-mimoso no jardim da frente, rente ao muro da calçada, com galhos tão longos a ponto de cobrir a luz do poste. Fez vários comentários sobre a altura e a grossura dos galhos, sobre como deveria ser difícil subir por eles caso fosse necessário resgatar algum gato temerário que não conseguisse descer.

Realmente não era fácil subir na árvore. Agora tenho certeza de que, enquanto fazia esses comentários, ele estava procurando um galho que fosse alto o suficiente para seu propósito, mas não tão alto que impossibilitasse a escalada. E não sei que estratégia usou, como conseguiu chegar lá, porque pra mim era uma empreitada tão difícil quanto chegar ao topo do Everest. Será que trepou agarrado no pau igual ouriço, espantando corujas e brocas?

Além disso, imagino que tenha sido penoso e demorado... espirar. Seus cerca de um metro e cinquenta centímetros de altura eram parcamente recheados de raquíticos músculos e carnes. O pouco peso pode ter causado sérios problemas de eficiência para a corda, incapaz de realizar o trabalho com a rapidez desejada. Se eu fosse ele, teria amarrado uma pedra no pé para agilizar o processo. Com a demora viria a dor, que poderia causar arrependimento. Não consigo pensar em um tipo de arrependimento mais aflitivo e inútil.

O que mais me intrigava, no entanto, era o boné. Quando nos despedimos, ou seja, algumas horas antes, não usava nada na cabeça, embora vestisse a mesma roupa. Por que colocou o boné antes de se enforcar? Seria uma questão estética? Será que ele, ao decidir "é hoje", pensou no triste espetáculo de seu corpo pendido sobre a calçada numa manhã de sexta-feira, sendo observado por uma velhinha ou um moleque que matava aula, e imaginou os comentários? "Nossa, que cabelo ridículo, até eu teria me matado", "Credo, devia ter se penteado e guardado essa língua dentro da boca." Mesmo assim, mesmo que na última hora ele tenha tido um mínimo de vaidade, não entendo por que pensaria em boné naquele momento. Deve ter até atrapalhado na hora de passar a corda pelo pescoço. Mas há tanta coisa que eu não entendo.

Os conhecidos dele, quando receberem a notícia, não vão saber os motivos daquele ato derradeiro. Mas isso eu sei, porque ele me contou toda a sua angústia aquela noite. Acho que é mais fácil se abrir para um desconhecido, ainda mais depois de uma dúzia de brahmas. Não tinha família, não tinha amigos, só colegas de trabalho numa repartição pública. E nenhum deles desconfiava que ele sofria, muito menos a Adriana morena. Ele a amava. Daquele amor que escreve cartas tímidas de amor, mas não as entrega. Daquele amor que tatua corações sangrados de amor, mas não os revela. Daquele amor que acredita no amor, mas desacredita. Daquele amor que faz o sujeito se matar de amor, mas ele próprio, o amor, não morre. Ou morre?

Matou-se o office boy na árvore da minha casa. Agora não seria mais office boy, e não seria mais apaixonado, e não seria mais ignorado. Agora não era mais uma pessoa: somente um simulacro de gente sob um boné vermelho. Estático. A alma diminuta se distanciando a passos liliputianos, a chorar flechas de cupido.

Flechas que nunca atingiram a Adriana morena. Talvez ela nem desse pela falta do rapaz. Ou talvez, daqui a uma semana, um mês, ela estranhasse a ausência do office boy baixinho que vestia um boné encarnado com a estampa "eu ti amo" encardida. Ela jamais saberia que ti era te, era tu, era você, Adriana. Hum, pensando bem, será que o boné na cabeça enforcada seria a mensagem de despedida para Adriana?

Morreu de amor, o office boy. Foi-se. A foice tramada no pescoço. Entranhada. Estranhada. Rejeição do corpo ao implante apertado. Morreu de falência múltipla de esperanças.

Chamar a polícia? O resgate? O IML? Para quê? Dali a pouco, assim que amanhecesse, o povo daria o alarme. O povo-urubu daria o alarme. O povo-urubu se ajuntaria na frente da minha casa esperando o repórter-urubu. Dá um tchauzinho para a câmera, filho. E para o rapaz, quem daria tchau?

Não chamei a polícia. Voltei para a cama, a fim de dormir o sono dos gigantes no pouco tempo que falta para o dia começar. Preciso acordar inteiro, sem olheiras. A Patrícia me convidou para almoçar. Ai, ai, a Patrícia. Acho que antes vou passar no shopping, comprar um boné vermelho e mandar estampar um "eu te amo". Sem erros de português.

E à noite vou cortar o jacarandá-mimoso.

EDUARDO SIGRIST

O NOME DAS COISAS, A COR DOS NOMES

O nome dela é Estopa, porque no primeiro dia ela decidiu descobrir o que havia naquele saco grande e feio e espalhou estopa por todos os cômodos. Depois estraçalhou outras coisas, como um sofá, uma dúzia de chinelos, um pé de jabuticaba que crescia no minúsculo vaso.

Estopa é o nome oficial. Mas também a chamamos de Estopinha ou Pipi, de Muriel, a Terrível, de Zuzu, por sua habilidade de demonstrar as emoções movimentando as zureias. A cada dia inventamos um novo nome, só por brincadeira. Uma brincadeira humana que a deixa confusa, porque ela só nos entende e nos atende quando ouve a palavra "Estopa", reagindo com o rabo eloquente e as orelhas empinadas.

E quando gritamos "bolinha!"? Ela já sai correndo atrás de seu brinquedo preferido, num buscar e trazer e buscar e trazer sem fim, como uma Sísifo incansável e feliz — taí, hoje vou chamá-la de Sísifo. Mas de novo a questão do nome: "bolinha" é aquela esfera coberta com espinhos de borracha e — por favor, não esqueça este detalhe — da cor amarela. Não tente jogar uma bolinha azul ou verde. Não. Bolinha é apenas o brinquedo amarelo. O nome azul ou o som azul ou o cheiro azul devem ser tão abomináveis à sua sensibilidade que ela rosna e aponta as orelhas raivosas para a frente quando vê essa cor rolando pelo chão.

Ah, esses nomes. Ai, essas interjeições de mau agouro... Como nomear o sentimento de ver sua cachorrinha ir catar a tão querida bolinha que sem querer arremessei no meio da rua bem no momento em que passava um carro em sua velocidade assassina? Tristeza, raiva, culpa? Amarelo vira vermelho que vira blue que vira que vira que vira nas rodas de um veículo.

EDUARDO SIGRIST

Nomear as coisas é um troço bem complicado. Este texto, por exemplo, eu chamo de conto — ou seria crônica? Não importa, é literatura, e literatura é ficção, apesar de às vezes (muitas vezes) trazer fatos reais sem ser autobiografia. É uma mistura do que foi e do que poderia ter sido. Então fique tranquilo, caro amigo que porventura conheça minha cachorrinha: eu te enganei. Na ficção a Estopa morreu atropelada. Na vida real, ainda está bem viva correndo atrás da bolinha, que não escapou para a rua porque moramos num apartamento. Não só os poetas são fingidores; os contistas também. Fingimos que criamos. Fingimos que vivemos a vida que não tivemos. Fingimos até a dor da morte de uma cachorrinha, que atitude mais estúpida! E nesse processo de imaginar, criar, recriar, fingimos que não vemos a passagem do tempo, tempo que um dia vai levar embora a cachorra, os amigos, o poeta favorito, a família, a mulher amada.

Corre, Estopa, antes que o carro te apanhe. Corre, contista, que seu coração pode parar antes de terminar esta obra chinfrim. Corre, leitor, que a palavra "fim" não tarda. Ah, tudo é tão efêmero como este texto fadado ao esquecimento. Mas o ponto final, ao qual alguns dão o nome de morte — ou coisa parecida, ou coisa parecida, diria o finado cantor e compositor de Sobral —, eu, contista fingidor, prefiro chamar de vida, que segue rolando como uma bolinha. Amarela.

SOBRE PEDRAS

Não vendo o anel, não. Nem troco por esse pão seco. Fui eu que roubei, faço o que eu quiser com ele. Acho que vou guardar no bolso, pra admirar de vez em quando. E pra lembrar o olhar carinhoso da moça que era dona dele. É, carinhoso, e não medroso. Você tá surdo ou o quê? Acha que ninguém pode sentir carinho na hora que tá sendo roubado? Pois ela sentiu. Eu senti que ela sentiu. No começo se assustou, deve ter pensado que eu era bandido. Sou ladrão, é diferente. É claro que é diferente. Bandido faz maldade. Eu só roubo pra comer. Eu sei, eu não comi esse boné aqui. Mas é que achei ele tão bonito, tão bacana, tão, sei lá, vermelho. Você já viu um vermelho tão vermelho? Prefere cinza? E eu com isso? Pra você tudo é cinzento, você tem ódio de tudo. Desse jeito vai matar alguém só por raiva e acabar na cadeia. Eu prefiro vermelho, tá? É a cor do vestido que minha mãe usava naquela noite, quando saiu de casa. Disse que ia ganhar dinheiro pra me comprar um carrinho. E nunca mais voltou. Sei lá se morreu. Só sei que fiquei sozinho. Três dias. E não vem tirar sarro, mas eu chorei, sim. Que tem de errado? Só porque você acha que é o dono da rua pensa que não pode chorar? Eu chorei e ainda choro. Sou menino. Dizem que a gente vira homem depois que faz dezoito anos. Então ainda falta um tempão. Até lá, quando eu ficar triste de fome, triste de frio, triste de sozinho, vou abrir o berreiro, mesmo. Não tenho vergonha. Só vou ter vergonha se minha mãe me encontrar aqui, todo sujo. Será que ela vai me reconhecer? E será que vou reconhecer minha mãe? Foi no ano passado, eu acho. Nossa, faz tão pouco tempo e eu já tô esquecendo a cara da minha mãe. Do vestido eu não esqueço, mas da cara... Será que eu não gosto mais dela? Agora toda vez que penso na minha mãe me vem na frente o rostinho da moça do anel. Bonita igual, só que mais nova. Ah, eu tava falando dela e você veio com a história do boné. Pois é. De tão bonita, tão coradinha, ficou branca de susto quando me viu tirar a faca e pedir a bolsa. Quase se borrou. Abriu a bolsa tremendo, disse que só tinha documento. Eu dei uma olhada, parece que não tinha nada da hora, mesmo. Pra que eu ia querer documento de mulher? Aí vi o anel no dedo dela. Uma belezura de pedra verde, mais verde que o mar lá da minha terra. Pela hóstia, fiquei bobo de encantado. Até meio desnorteado. Segurei a mão dela por um tempão e só disse "que bonito". E ela não tirou a mão. Então olhei pra cima e vi que me encarava. Me olhava tão forte que perdi até o jeito. Olhar de mãe. Meigo. Deve ter ficado com pena e pensado "o que um menino como esse tá fazendo na rua?" É, todo mundo acha que por ser loirinho eu devia ter família, casa, uma vida melhor. De mim ninguém espera coisa ruim. Só percebem que sou ladrão quando tiro a faca. A moça se assustou no começo, depois ficou me olhando com um zoião mais verde que o anel. E mais brilhante. Só que era um verde triste, doía mais que bordoada de polícia. Quase saí correndo de vergonha, de tristeza, de saudade da mãe, sei lá. Fiquei desenxabido. Larguei a mão dela. Larguei a faca. Larguei minha cara no chão e saí devagar. Parecia que eu tava roubando minha mãezinha. E você não vai acreditar, eu já ia virar a esquina quando ela perguntou "não vai levar o anel?" Voz de anjo. Não sei como eu consegui, mas voltei. Catei o anel, que ela já tinha tirado do dedo, olhei a última vez pra ela e me mandei. Saí correndo. Não queria que ela visse minha cara de cachorro quando ganha um osso. Só ouvi ela gritar "troca por um lanchinho". Pode? Troco não. Esse anel é meu. Vou guardar bem guardadinho. Sou bobo de vender? O Migué ia me pagar quanto? Dez contos, o babaca? Isso não tem preço, é lembrança de anjo, de fada. Ou será que minha mãe morreu, e era o fantasma dela me protegendo? Cruz-credo, não gosto de fantasma, mesmo que seja de mãe ou de criança que não nasceu. Lembra aquele que a gente viu no muro do armazém, carregando um saco cheio de cabeças? Se a gente não tivesse corrido, hoje ele ia ter mais duas cabeças lá dentro. Eu hein. Fantasma é pior que vampiro. Hã? Como não? Deixa de ser besta. É claro que existe vampiro, todo mundo sabe disso. Fantasma também. Mas ela não era fantasma não, acho que era uma fada. Ou então era gente de carne, mesmo. O Olavo me contou que existe gente boa. Isso eu juro que nunca tinha visto até conhecer a moça. Ela deve ser uma gente boa, sim. E é por isso que não vendo o anel. De jeito nenhum. Ele nem é roubado, se for ver bem. Eu já tinha saído, desistido do roubo. Aí ela me chamou pra entregar o anel. Então é dado. Presente. Será que ela me deu porque gostou de mim? Você sabia que, quando um homem gosta de uma mulher, ou quando casa, ele dá um anel de presente? Já viu casamento? Eu vi o do meu vizinho. Ele botou um anel dourado no dedo da mulher. E ela no dele. Tá certo que depois de uns dias o que ele botou foi um chifrão nela, do tamanho do pé de manga lá do campinho. Mas que a festa foi bonita, foi. Tinha até bolo! O casamento da minha mãe eu não vi, só em fotografia. Ela me mostrou uma foto de um homem de bigode, vestido de branco. Disse que era o meu pai. Eu vou usar bigode. É importante. Queria um bigodão federal igual do meu pai. Quê? Não, não conheci. E minha mãe nunca falava dele. De vez em quando ela levava homem pra casa, e eu sempre achava que era meu pai. Só que toda vez era um diferente. Branco, preto, japa, loiro. Tudo sem bigode. E nem me davam bola. Por isso vou usar bigode só pra me vingar deles, mostrar que sou o bom. Quando eu casar, minha mulher só vai ter eu de homem. E eu só vou ter uma mulher, a mais bonita.

Vou chegar do trabalho com roupa branca, maleta e chapéu. E bigode. Limpinho. Ela vai casar de vermelho, com esse anelzão aqui no dedo. Só preciso arrumar um pra mim, porque no casamento homem também usa anel. Bem que aquela moça podia me dar outro igual. Eu até que casava com ela... Ei, Jairim, acorda. Eu não disse que você só pensa em ruindade? É só eu falar de coisa boa que você nem dá atenção, começa a dormir. Eu tava falando que vou casar com a moça do anel. Vou sim. Quê? Sai pra lá. Não vou apostar nada. Você nem tem o que apostar, fora esse pão seco que ganhou ontem e nem teve coragem de comer. Quem aposta come bosta. Sou bobo não. Eu vou casar e pronto, e com a moça do anel. Vai ser a festa mais bonita do mundo. Você vai estar aqui na rua e vai ver eu passar com minha mulher num daqueles carrões de gigante. Já sei! Você vai ser meu padrinho. Vai sim, eu juro. Contanto que não afane o relógio dos convidados. Vou ficar de olho. E você vai comer um pedaço tão grande do meu bolo que nem vai caber nesse seu estômago magrelo. Ah, agora você acordou, né. É só eu falar de comida. Pois vai ter bolo e tubaína pra cidade inteira. Você não vai mais querer sair da festa pra rasgar saco de lixo na calçada. A gente vai virar parceiro, mas não de ladroagem. A gente vai é ser advogado, pra defender esse povo daqui, debaixo da ponte. Defender os moleques que apanham do Migué quando não conseguem roubar nada pra pagar o bagulho. É isso aí. Tô cansado do Migué. Você viu a cara dele hoje, quando cheguei com esse anel? Ficou babando na pedra verde, perguntou se eu não queria trocar por outro tipo de pedra. Sai fora, eu disse pra ele, não uso essas coisas não. E ele tentou me tomar o anel, me deu um soco na fuça. Ainda bem que o Olavo chegou, mas o Migué disse que volta amanhã pra me pegar e pra levar o anel. É por isso que eu vim falar contigo.

Vim dizer que tô caindo fora. Tava pensando em ir lá pra onde eu morava, ver se minha mãe voltou. Isso eu tava pensando antes da gente conversar. Agora mudei de ideia. Eu vou é lá pro bairro dos gringos encontrar a minha noiva. Vou casar ainda hoje. O que você acha? Acha que tô louco, que eu cheirei cola? Já disse, não uso nada disso. Moro na rua, sou ladrão, mas sou de família, viu? Fui até pra escola. E nem vem, não vou cair na do Migué. Trocar essa pedra linda por aquela outra, fedida... Você diz que fumar pedra é bom, que faz a gente viver melhor, faz encontrar nossa mãe. A pinoia! Quando acaba o efeito, você tá sempre na pior, e em vez da mãe quem vem é o Migué ou a polícia descendo o cacete. E você fica com essa cara de lagartixa atropelada. Parece o esqueleto que vi no cemitério outro dia. Se pedra pelo menos matasse a fome, em vez de fazer de conta. Ela vai acabar matando é você mesmo, igual fez com o Pirata. Prefiro a minha pedra verdinha, presa no meu anel de casamento. Quando olho pra ela, vejo a minha noiva, vejo a praia sem fim onde a gente vai morar. Não preciso fumar pra enxergar essas coisas. Olha aqui, dá pra ver até a minha vó contando história de rei. A vó morreu faz tempo, nem lembro dela. Só lembro que ela disse que eu ia ser príncipe, ia casar com uma princesa. Será que é isso, a moça é uma princesa e veio me trazer um anel encantado? Então tenho que correr lá, encontrar com ela, porque ouvi dizer que esse tipo de encantamento acaba meia-noite. Besteira nada. Você é que é um estraga-prazeres e não tem sonho. Eu tenho sonho, sim. A rua não vai ser sempre minha casa. Vou morar na praia, numa mansão, lá perto de onde eu nasci. Com cachorro e tudo, e com um parquinho enorme. Vou virar na roda-gigante, eu e minha mulher. E toda a molecada daqui. Subir, subir, até chegar no céu. Tá bom, vou ficar quieto, porque você tá com sono. Pra falar a verdade, eu também tô um bagaço. Acho que vou deixar pra casar só amanhã, agora é muito tarde e a igreja já fechou. Mas não comi nada hoje, e não consigo dormir com fome. Vou tentar dar uma cochilada, quem sabe eu sonho com o bolo do meu casamento e aproveito pra comer um pedaço. Amanhã cedinho eu vou lá procurar a moça. Então é melhor dormir logo. Nossa, o chão tá duro feito uma pedra hoje. Me dá um pedaço do seu papelão, que o meu a prefeitura levou. O meu é que era bom, era de caixa de televisão. Minha mãe tinha televisão, sabia? Eu via um montão de filme. Sempre passava um que eu adorava. Tinha um cara forte que batia em todo mundo e no final casava com a mulher mais linda! Igual vou fazer amanhã: dar um murro no Migué e ir lá casar com a minha princesa. Mas ela é mais bonita do que as artistas. Você vai ver, eu vou aparecer na televisão com ela. Tá bom, seu chato. Dorme aí, molão, enquanto eu planejo meu futuro. Ouvi um homem de bigode dizer isso num filme: planejar o futuro. Tão bonito falar assim!

Jaimim! Tá dormindo? Eu só ia te perguntar uma coisa. Rapidinho. É que eu tava pensando... se eu não conseguir encontrar a moça amanhã, você jura que me dá aquele pão duro em troca do anel?

RUBI

A cadeira preferida de meu pai estava tombada e silenciosa. No quarto escancarado, nem sinal do velho. O cigarro proibido pelo médico ainda soltava uma envergonhada fumaça. O par de sandálias enrugadas aguardava o par de pés. Um copo de leite fervido esfriava na mesinha, junto com os óculos. No chão, toda a roupa jogada. Tudo por ali indicava uma ausência desmedida, uma ausência apressada. Será que ela veio buscá-lo?, pensei, já quase acreditando na história que ele não parava de contar nos últimos tempos. Mas e o rádio, e Ray Charles, e Ruby, onde estão?

A primeira vez que ele ouviu Ruby... quantos anos, já? Eu o levava a uma consulta ao cardiologista, falávamos das chuvas, ou da falta das chuvas. Devia ser da falta, porque ele usava seu cachecol azul tricotado por minha já falecida mãe, então provavelmente era inverno, e o assunto era a estiagem. Mas ele sempre usava aquele cachecol para "guardar a memória da melhor mulher do mundo", então podia ser verão, e o assunto seriam as chuvas. O fato é que falávamos da chuva, de seu excesso ou de sua falta, ou da falta de assunto, quando meu pai ouviu, pelo rádio do carro, a voz clarividente de Ray Charles: They say, Ruby you're like a dream...

Ele parou de falar, parou de se preocupar com os exames, me mandou calar a boca. Imaginei que conhecesse a música, que ela lhe trouxesse recordações, porque fechou os olhos e até balançou a cabeça devagar, seguindo o ritmo. Um sorriso apareceu em seu rosto.

— Conhece Ray Charles, pai? — perguntei, assim que a música acabou.

— Quem? Não, não.

— Eu pensei que...

— Essa é a melhor música do mundo! Por que eu nunca tinha ouvido?

— É Ruby, do Ray Charles. Ela fala sobre...

— Fica quieto. E eu não sei do que ela fala, oras? É a história de um casal de apaixonados que saem pelo mundo para encontrar um lugar onde possam se amar sem serem incomodados por essa gente sem amor.

Não questionei. Ele não sabia inglês ou qualquer outra língua estrangeira, por isso é claro que não entendera a letra. Deixei meu pai pensar que eu acreditara na história.

— O nome da mulher é Rubi. É assim que eu chamava a sua mãe, porque ela era a joia mais bonita do mundo. Nos primeiros dias de namoro... ei, pra onde pensa que vai?

— Ora, pai, para o médico.

— Tá louco? Vira ali, na 11 de Junho tem uma loja de música. Eu preciso desse CD. Depois a gente vai para aquele carniceiro.

E foi assim que começou sua paixão por Ray Charles. Ou melhor, por Ruby, pois era a única faixa que ele ouvia do CD que lhe comprei. Ele dizia que as outras músicas eram assim, assim, e que só aquela lhe trazia de volta o perfume de minha mãe.

De certa forma, a música o acalmou. Meu pai passou a se alimentar melhor, a dormir bem, e até voltou a se barbear, o que não fazia desde a morte de minha mãe.

Apenas a sanidade mental parecia ter sido um pouco abalada. A cada dia ele inventava uma letra diferente para a música, e jurava que a nova era a verdadeira. Ele se trancava no quarto, ligava o CD e repetia Ruby centenas de vezes. Então saía de lá dizendo que minha mãe estava no Cairo esperando por ele; depois dizia que ela estava em Lisboa, no Rio, na igreja em que se casaram, no café do centro da cidade, na rodoviária, na lua.

Um dia propus matriculá-lo em uma escola de inglês, para que ele entendesse corretamente a letra da canção.

— Pra quê? O importante é a melodia. O que o cantor fala é só recheio. A melodia já me conta tudo que eu preciso saber. E se o cantor falar um palavrão ou disser asneiras? Estragou a música. Não quero, não quero. Eu gosto é da minha versão.

Mesmo com tantas histórias na cabeça, sua vida seguia sem contratempos e a saúde melhorara muito. Em todo caso, meu apartamento era perto da praia em que ele morava; então, se houvesse qualquer problema, em minutos eu estaria lá. E todos os dias eu passava por ali, para ouvir suas histórias e comer robalo, "o peixe mais gostoso do mundo", que ele mesmo pescava e preparava.

Nos últimos tempos, no entanto, a história mudou. Ou melhor, a história da música, a letra inventada ou sonhada por meu pai, não mudou, passou a se repetir sempre. Não mais Lisboa, não mais o Cairo, não mais viagens românticas. Ruby só dizia uma coisa: minha mãe vinha buscá-lo, estava com saudade de quando eles nadavam juntos, nus, e queria levar meu pai para nadar lá no fundo do mar, onde esse mundo sem amor não podia importuná-los.

Por isso, na tarde em que encontrei o quarto abandonado, só consegui pensar nessa história e corri para o mar. Eu não acreditava em nada daquilo, mas me preocupava com o que meu pai pensava. Para ele, era tudo verdade, ele me dizia que a hora de reencontrar minha mãe estava chegando. Fiquei arrependido por não lhe ter dado ouvido, por não ter pensado em interná-lo ou levá-lo para minha casa. Agora não tinha mais jeito. Talvez se eu corresse poderia ainda salvá-lo da avidez do oceano.

O sol já estava baixo, me ofuscando e impedindo de enxergar com nitidez. Entrei com roupa e tudo na água. Gritei de frio e desespero. Só as ondas respondiam: I hear your voice and I must come to you. I have no choice, so what else can I do?

Tentei nadar mais para o fundo, mas o terno me agarrava e me prendia. Então notei que algo como uma tripa azul boiava mais adiante: o cachecol, que sumia agora em direção ao horizonte. Não tentei pegá-lo, não conseguiria, pois sabia que as mãos de minha mãe e de meu pai o puxavam lá para o poente e nenhuma força seria capaz de impedi-los.

De volta à praia, sentei na areia para olhar pela última vez o cachecol. Não enxergava quase nada; aos poucos o crepúsculo tomava conta de meus olhos e de minha mente. E só conseguia pensar em Ray Charles, na música, nas histórias de meu pai. Por quê? Como podia uma canção transtornar uma pessoa? Ruby era uma bela canção, como poderia ter trazido consequências tão trágicas? O que se passara na cabeça de meu pai?

— Está doido de nadar com roupa, meu filho?

Olhei para o lado e vi um corpo nu que agitava um objeto perto do ouvido.

— Pai?

Ele chegou mais perto e notei um CD player portátil em sua mão. De dentro do aparelho escorria um fio de água.

— Que droga. Você me compra um novo? Essa porcaria não é à prova d'água.

— E seu cachecol? Eu vi uma coisa boiando e achei que...

— Ah, o cachecol. Era o melhor cachecol do mundo. Acabei perdendo no fundo do mar. Agora ele vai agasalhar tubarão.

— E onde está a mãe?

— Mãe? Sua mãe já morreu. Você fala cada bobagem.

Ele olhou para o mar, deu um suspiro e completou:

— Será que aquele curso de inglês ainda tem vaga?

GOL DE PLACA

Ouvi até o final os gritos de meu chefe e saí do escritório. Pela última vez. Nada como um seco grito de "Rua!" para encerrar dez anos de dedicação à adorada empresa. Desci as escadas irado, ainda mais depois de notar o temporal e me lembrar do guarda-chuva esquecido lá em cima, sobre minha ex-mesa, ao lado de meu ex-computador e de minha ex-caixinha de clipes usados e enferrujados, como para avisar ao coitado que ocupasse aquele espaço nos próximos dias que ele também poderia ser escorraçado a qualquer hora, ser excluído do tal mercado de trabalho e ter de fugir para a rua no meio da chuva, como um vira-lata a revirar as lixeiras das agências à procura de um novo subemprego que lhe desse a chance de roer um osso que não fosse o dele mesmo.

Bem, eu não ficaria ali parado, nem subiria para pegar o guarda-chuva, pois nos dois casos corria sério risco de ver meu chefe pela frente, e eu temia o resultado desse encontro. Saí e fui andando pela calçada, sentindo, no gelado da água, florescerem dentro de mim as mais nefastas impressões. Sempre fui pacato, um ser que não faria mal a um mosquito da dengue. Mas naquele momento tudo era nebuloso.

Como a chuva logo cessou, milhares de cidadãos começaram a sair do trabalho naquele final de tarde, enfrentando as ruas encharcadas apenas para chegar em casa e ver na TV um repórter mastigar as mesmas ladainhas sobre o congestionamento. Ao menos se ele filmasse algo mais interessante, como o bambolear daquela madame que atravessava a rua, sacolejando seus enormes peitos de chiclete sob uma blusa transparente. Ou aquele respeitável executivo que carregava uma mala de couro, onde deveria haver dólares, notas fiscais, relatórios, catálogos de produtos hospitalares ou uma coleção de acessórios sadomasoquistas.

Em meio a tantos idiotas, na outra calçada seguia um garoto, lá pelos 9 anos, que ia pisando em todas as poças de água, o guarda-chuva preguiçosamente fechado debaixo do braço. Ele marchava sobre o meio-fio, equilibrando-se, e pouco ligava para os motoristas que passavam lambendo a sarjeta e buzinando contra sua dança despreocupada. O guarda-chuva, um modelo pouco sóbrio feito de tecido amarelo, agora era um útil contrapeso e um par perfeito para aquele minguado Gene Kelly de boné verde e bermuda roxa.

Esqueci o frio e as ofensas do chefe, e nem me dei conta de minha deprimente figura, com os raros cabelos sem cortar tecendo uma malha disforme colada sobre minha calvície. Eu estava tão absorvido naquele espetáculo que acabei atravessando a rua e seguindo o garoto, e até me desviei de minha rota habitual quando ele virou uma avenida à esquerda que nos levaria para o lado oposto ao da minha casa.

O tempo firme se estabilizou. A brincadeira nas poças foi substituída por uma lata de refrigerante abandonada, que agora servia de bola de futebol. E o garoto a chutava longe, depois driblava um marcador imaginário, e logo começou a narrar as jogadas, imitando os jargões de um locutor da televisão. Ele gritava, comemorava os gols, às vezes dizendo uns palavrões bem cabeludos, daqueles que só os meninos autênticos conhecem.

Eu ia atrás, e é claro que ele percebeu minha perseguição. Em vez de fugir, como se alertado pela distante voz de uma mãe neurótica, voltou-se para mim, jogou a bola metálica entre minhas pernas e chutou-a para longe com um grito: É gol de placa! Depois de agradecer a uma torcida que o aplaudia e só ele ouvia, passou a caminhar ao meu lado, já esquecido da lata.

O senhor é palmeirense? Não, eu não era palmeirense. Ele nem quis saber meu time. Se eu não era palmeirense, não devia entender muito de futebol. E disse que ele, sim, torcia para o Palmeiras. E adorava o Endrick. O senhor vai ver, hoje o Endrick vai detonar aqueles bostas. Não perguntei quem eram os bostas. Meu pai vai me levar pro estádio à noite. Ele não torce pra ninguém. Gosta só de corrida. Mas ele sempre vai comigo, ganhei até a camisa do Endrick. O seu pai leva o senhor pro campo? Respondi que meu pai já tinha morrido. Putz! Ele era palmeirense? Santista. Ah! Velho é tudo santista. Palmeirense é esperto! Sabia que tirei A de matemática? O Tiago tirou D. Depois ficou quieto, entediou-se com minha muda companhia e saiu correndo, tentando derrubar um marimbondo com o guarda-chuva.

Ainda o segui mais um pouco, mas logo o perdi de vista e voltei a sentir frio. Entrei numa padaria e pedi um café. Amargo. Eu já estava melancólico novamente. Queria também ter um guarda-chuva amarelo, queria também admirar o Endrick ou qualquer pessoa. Não admirava ninguém, nem a mim mesmo. Talvez admirasse apenas o garoto, sua energia, sua vitalidade. Eu sabia que em breve ele seria mais um como eu, ou como o executivo da mala de couro, ou até como meu chefe, afinal vamos todos nos embrutecendo com o tempo e nos desviando das poças de água, como se elas pudessem macular ainda mais nossa alma mercenária. Mas, ainda assim, havia uma espécie saudável de provocação e ousadia naquele corpinho que desafiava o futuro e me fazia acreditar no ser humano.

A voz de uma moça que acabara de entrar cortou meu pensamento: "Um menino de guarda-chuva amarelo". Ela conversava com o rapaz que fazia o cafezinho. "Morreu?" "Na hora! O ônibus passou por cima. Espalhou os miolos. Tá assim de gente olhando." Engoli o café e fui pra casa.

No dia seguinte acordei e liguei a TV para ver o jornal da manhã. Não queria procurar emprego, não queria sair de casa. A chuva me trouxera uma gripe fortíssima. Na tela, as más notícias de sempre: um ministro flagrado recebendo milhões de um empresário; mais um resultado vergonhoso na avaliação das escolas brasileiras; um garoto de 9 anos atropelado no centro da cidade. O semblante do apresentador, carregado e sombrio pela tragédia, se desanuviou a seguir, ao iniciar as notícias esportivas e comentar, eufórico, o golaço marcado pelo Endrick na noite anterior: "Um gol de placa!"

A OBRA-PRIMA

Quando a senhora de capuz entrou na sala para levá-lo deste mundo, Jorge Hitlodeu acabara de digitar o ponto final da obra máxima em sua carreira de escritor: sua autobiografia. Eram duas mil páginas recheadas de passagens edificantes sobre uma vida ao mesmo tempo visionária e íntegra. A humanidade merecia um livro daquela grandiosidade!

A infância pobre, a fuga de casa na adolescência, as lutas por trabalho e por um mundo mais justo, a amizade de grandes autores, a contundente carreira literária, as palestras na Europa, estava tudo ali. Best-seller garantido. Era uma pena que Jorge não fosse desfrutar do sucesso debaixo de sete palmos de terra, mas pelo menos aquela obra colocaria eternamente seu nome no cânone universal.

O clique que faltava para enviar o texto a um editor foi impedido pela sempre justa dona Morte:

— Ei, meu caro. Não acha que tem lorotas demais aí?

O escritor vacilou. Realmente, em alguns pontos ele havia floreado um pouquinho, em outros a verdade fora sumariamente pervertida. Ora, será que no Brasil certa dose de inverdade não seria tolerada?

— Olha, Jorge, vou te dar uma colher de chá. Lembra que mentira é pecado, e eu ia te levar diretinho pro céu. Agora, mermão, se tu não consertar essa baboseira aí, não sei, não, se o hómi vai te aceitar lá em cima. Pensa bem, te dou uma semana.

Sozinho, ele decidiu repassar sua vida e comparar com o texto. É, talvez fosse melhor mudar algumas coisinhas. A primeira ação foi riscar todas as passagens em que as palavras "dinheiro" e "sucesso" apareciam. Fazer isso até enriqueceria sua biografia, afinal que grandes escritores tiveram muito dinheiro ou reconhecimento em vida? Analisando o conteúdo, achou melhor ater-se aos acontecimentos, retirando páginas e mais páginas cheias de filosofia vazia. E as citações também foram cortadas. Eram muito pedantes e foram usadas apenas para encher linguiça quando ele não tinha nada próprio a dizer.

Hum, e o que estavam fazendo os nomes de todas aquelas atrizes e modelos entre as quatro paredes de uma alcova de papel? Jorge jamais se envolvera com qualquer mulher. Aliás, desde criança sonhava em ser escritor, e esse objetivo o isolou em sua casa, a tentar escrever a obra perfeita — a obra de uma vida inteira, que ele achava que se consumaria naquela autobiografia.

Por dias foi cortando e cortando trechos, tudo que era falso, tudo que era fruto de sua imaginação, tudo que era beletrismo. Quando a Morte voltou, ele havia terminado. Ao olhar para a tela, o arquivo totalmente em branco, o escritor digitou Fim e se deu por satisfeito. Estava finalizada sua obra-prima.

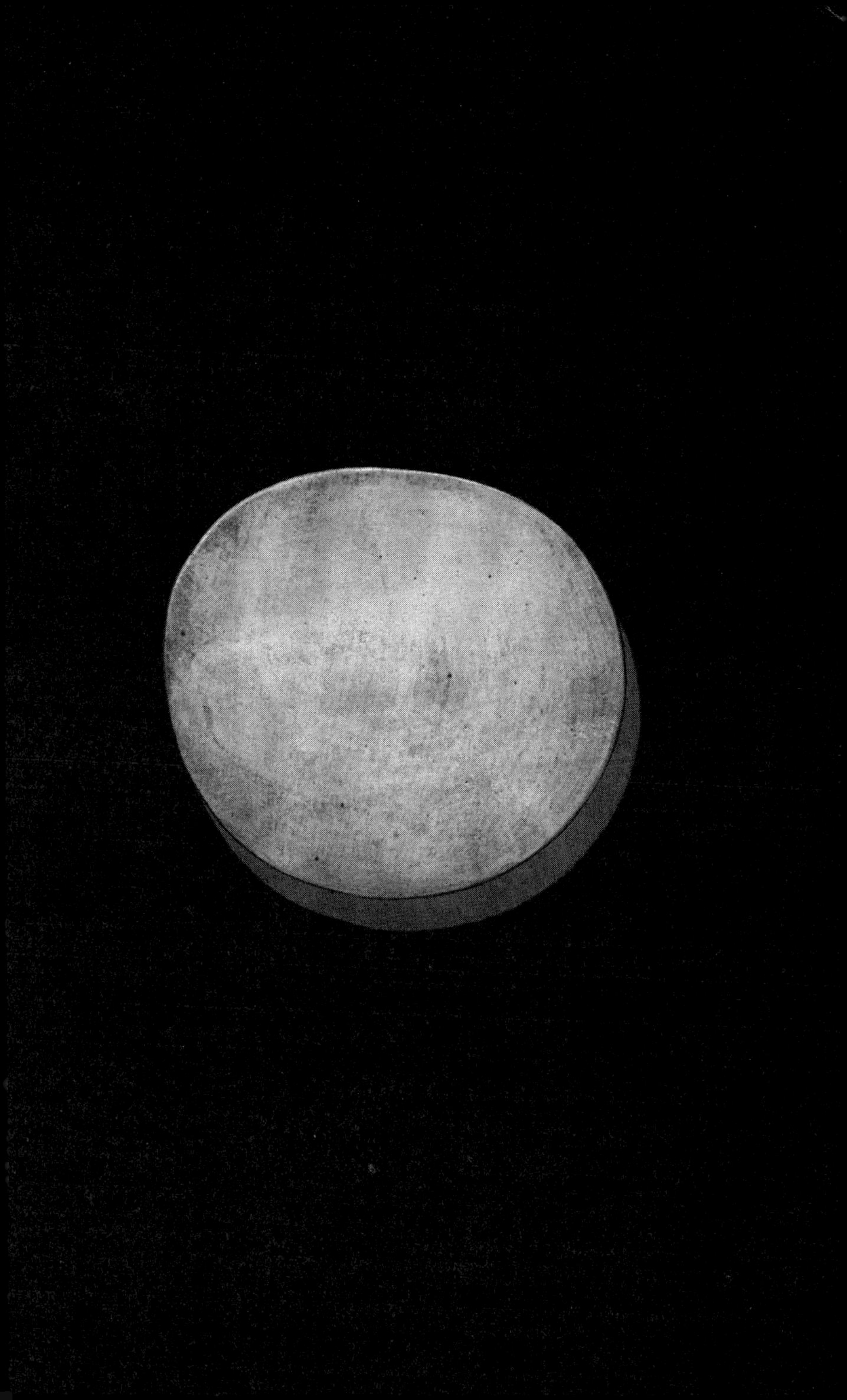

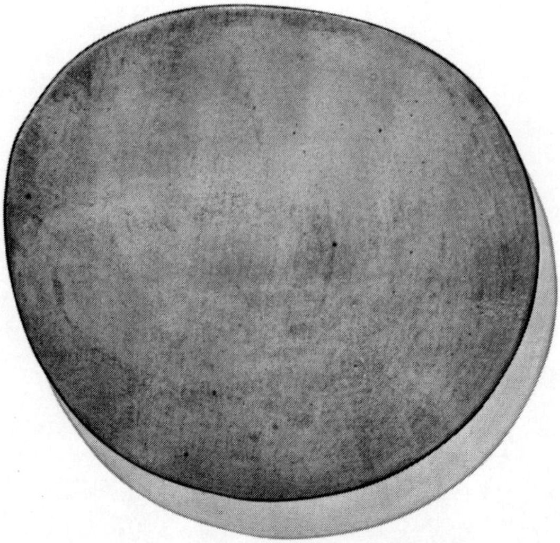

© Eduardo Sigrist, 2024

Todos os direitos desta edição reservados
à Laranja Original Editora e Produtora Eireli
Rua Isabel de Castela, 126 – Vila Madalena
São Paulo – SP – CEP 05445-010

www.laranjaoriginal.com.br

Edição: Filipe Moreau
Revisão: Luciana Batista de Azevedo e Eduardo Sigrist
Projeto gráfico: Yves Ribeiro
Produção executiva: Bruna Lima
Fotografia do autor: Acervo pessoal
Imagem da capa: Andrea Galan

Dados Internacionais de Catalogação na Publicação (CIP)
(Câmara Brasileira do Livro, SP, Brasil)

Sigrist, Eduardo
  Pietà / Eduardo Sigrist. -- 1. ed. -- São Paulo : Editora Laranja Original, 2024. -- (Coleção pêssego azul)

  ISBN 978-85-92875-86-2

  1. Contos brasileiros I. Título. II. Série.

24-226070   CDD-B869.3

Índices para catálogo sistemático:

1. Contos : Literatura brasileira   B869.3

Aline Graziele Benitez - Bibliotecária - CRB-1/3129

COLEÇÃO ● PÊSSEGO AZUL

Títulos desta coleção:
Meus sapatos ainda carregam a poeira de Cusco – Thiago de Castro
Vassoura atrás da porta – Ângela Marsiglio Carvalho
Coleção de pensamentos – Beatriz Di Giorgi
As cores da minha memória – Cláudia Marchiò

Fonte Minion Pro
Caixa de texto 95 x 166 mm
Papel Pólen Bold 90g/m²
nº páginas 128
Impressão Psi7
Tiragem 150 exemplares